Allan Pevirguladez

MANUAL PRÁTICO DE EDUCAÇÃO ANTIRRACISTA

1ª edição

2024

© Direitos de publicação
CORTEZ EDITORA
Rua Monte Alegre, 1074 - Perdizes
05014-001 - São Paulo - SP
Tel.: (11) 3864-0111
editorial@cortezeditora.com.br
www.cortezeditora.com.br

Fundador
José Xavier Cortez

Direção Editorial
Miriam Cortez

Assistente Editorial
Gabriela Orlando Zeppone

Preparação
Alessandra Biral

Revisão
Gabriel Maretti
Agnaldo Alves
Alexandre Ricardo da Cunha

Projeto Gráfico e Diagramação
Desígnios Editoriais/Maurelio Barbosa

Capa
Maurício Ribeiro

Dados Internacionais de Catalogação na Publicação (CIP) de acordo com ISBD

Pevirguladez, Allan

Manual prático de educação antirracista / Allan Pevirguladez. São Paulo : Cortez, 2024.
112 p.

ISBN: 978-65-5555-468-7

1. Antirracismo. 2. Ciências Sociais. 3. Mercado de Trabalho. I. Título.

CDD 305.80981

Bibliotecário Responsável: Oscar Garcia - CRB-8/8043

Índice para catálogo sistemático:
1. Antirracismo 305.80981

Impresso no Brasil – agosto de 2024

Dedicado às duas mulheres
que me fizeram ser quem sou hoje:
minha mãe, dona Vera, e minha avó,
Julieta Requel de Souza
(*in memoriam*).

Sumário

Apresentação

"O meu cabelo é bem bonito" e a MPBIA como referências para uma educação antirracista na infância

Em 17 de agosto de 2022, um acontecimento histórico instaurou um novo marco (Torres, 2022) para a luta antirracista brasileira. Esse fato veio se alinhar aos ideais e às conquistas almejadas pelo Movimento Negro ao longo dos tempos.

Um vídeo de uma canção antirracista desenvolvida por mim, com meus alunos da Educação Infantil, em uma escola pública do Rio de Janeiro, "viralizou" nas redes sociais e "ganhou o mundo", ao abordar a diversidade de cabelos de forma positiva. O conteúdo mostra crianças bastante felizes, cantando a plenos pulmões essa ode às identidades inspirada em uma perspectiva de respeito e afeto, sem distinção de raças[1]. O vídeo definiu, ainda que

1. Esta obra utiliza-se de terminologia "raça", pois parte de um conceito que não é biológico, mas sim social e político. Por mais que o conceito de etnia seja o mais coerente no contexto acadêmico, ele não dá conta dos problemas criados pelo racismo. As falsas e frágeis teorias raciais de classificação da humanidade, criadas pela branquitude europeia no século XV, serviram como pretexto para que o homem branco se colocasse como superior e fizeram com que as populações negras e indígenas vivessem uma experiência de escravização, exploração, segregação, apropriação e extermínio por

sem pretensão, um novo parâmetro pedagógico a ser utilizado na primeira infância.

Pois bem, confesso que esse fato ocorreu de uma maneira muito inesperada em minha vida, já que meu encontro com a Educação Infantil foi por acaso. Não sou formado em Pedagogia e estava apenas em meu primeiro ano letivo completo performando como professor de Literatura na Infância, disciplina para a qual um professor do Ensino Fundamental de Português da Prefeitura Municipal do Rio de Janeiro (minha verdadeira formação) poderia atuar em caso de hora extra.

Tenho dezessete anos de Magistério, dos quais treze deles sempre foram lecionando para turmas do segundo segmento do Ensino Fundamental ou Ensino Médio. O antirracismo sempre esteve presente no dia a dia de minhas aulas, mesmo quando esse termo ainda era pouco difundido nos estabelecimentos de ensino. No entanto, em 2020, quando comecei a trabalhar esse viés da literatura com as turmas de Pré-Escola, eu me deparei com um acontecimento que me deixou extremamente estarrecido. Durante uma dinâmica de socialização inicial, propus que as crianças se apresentassem dizendo seu nome e mais uma palavra de que elas gostassem. No momento em que as deixei pensando na "palavrinha" que iriam dizer, uma criança branca, do gênero feminino, aponta para outra criança negra, do gênero masculino, e diz que ela está fazendo "macumba" simplesmente por ter colocado o dedo na lateral da cabeça.

---

quase quatro séculos no Brasil e no mundo, contribuindo até os dias de hoje para a pobreza que vemos na maioria dos países africanos e na desigualdade social que temos no Brasil.

O movimento remetia mais ao mundo da meditação e do pensamento do que a uma religião de matriz africana. Admito que, durante um breve momento, fiquei sem reação, até me manifestar chamando a criança e dizendo que ela não deveria falar isso sobre o colega e que não era bacana tal pensamento. No entanto, por não esperar tal ocorrência em meu primeiro dia de aula, eu me senti sem recursos para lidar com aquela situação. A partir daí, comecei a pensar em formas de trazer uma abordagem antirracista mais consistente à rotina desses alunos. Porém, o ano era 2020, e, infelizmente, por causa da pandemia de covid-19, as aulas foram suspensas, e não pude dar sequência ao trabalho, que durou apenas duas semanas.

Quando retornei às aulas presenciais com as turmas de Pré-Escola, já em setembro de 2021, procurei me cercar de autores negros de literatura infantil para difundir mensagens antirracistas a partir das histórias que contava, mostrando que a diversidade e o respeito entre todos era extremamente importante. Contudo, ainda vivenciando as consequências da pandemia, com a restrição dos alunos em turmas reduzidas, além do distanciamento e do uso de máscaras em um período final de ano letivo, não consegui realizar um trabalho mais profundo sobre a questão, tendo em vista todas as limitações que esse vírus impôs ao mundo.

Somente em 2022, pude, de fato, atuar, observar e executar um movimento mais assertivo na construção desse letramento racial na primeira infância. Mas a pedra fundamental mesmo só surgiu por conta de uma "provocação" de uma professora regente de uma das turmas, que me perguntara se conhecia algum profissional para desenvolver uma atividade antirracista diferente com as crianças, algo semelhante à capoeira ou a um samba de roda, por exemplo. Lembro-me de que voltei pensando em quem poderia chamar, até que tive o *insight* de "me chamar" para realizar tal atividade.

Entendi que aquele momento era ideal para trazer a música como mais um instrumento na luta antirracista no Brasil. Escrevi, em mais ou menos meia hora, três letras que abordavam a temática, cada uma sob uma perspectiva, e decidi que "O meu cabelo é bem bonito" seria a primeira música a ser trabalhada.

No dia seguinte, levei a ideia da canção para as minhas turmas, que logo aprovaram a mensagem, da mesma maneira que a professora. Ensaiamos por duas semanas a letra em formato de coro, sem nenhum instrumento musical, e aí resolvi registrar em vídeo e postar na minha rede pessoal. No dia seguinte, havia dois produtores da maior emissora do país entrando em contato comigo, querendo fazer uma reportagem sobre a música. Fiquei sem entender o que estava acontecendo, e, quando vi, o Brasil inteiro estava compartilhando meu vídeo. Isso me deixou sensivelmente emocionado por realizar algo tão valioso para a minha comunidade.

A partir daí, a música "O meu cabelo é bem bonito" alcançou milhões de visualizações, gerou inúmeras matérias em veículos digitais e televisivos, foi compartilhada por artistas e celebridades do *show business*, e me fez receber uma "enxurrada" de mensagens de pessoas negras adultas que se emocionaram com a canção e que desejavam muito que ela tivesse existido quando eram crianças, pois não seriam atravessadas pelo racismo por causa de seu cabelo crespo. Outro feito importante dessa música é o fato de que ela "mudou" uma prerrogativa violenta e horripilante que havia nas cantigas infantis brasileiras e passou a ser um modelo pedagógico saudável de instrumento antirracista a ser replicado pelos educadores em todo o Brasil, provando que é mais que necessário falar sobre essa questão desde a primeira infância.

O fenômeno da música "O meu cabelo é bem bonito" acaba por preencher um espaço muito importante dentro da luta antirracista no Brasil, pois, mesmo que a Lei n. 10.639/2003 tenha mais de vinte anos de existência, a Educação Infantil ainda engatinha no sentido de promover atividades étnico-raciais na primeira infância. As informações de uma recente pesquisa que consta na *Avaliação da qualidade da Educação Infantil: um retrato pós-BNCC*, realizada pela Fundação Maria Cecília Souto Vidigal em parceria com o Itaú Social, mostram que quase 90% das turmas de Educação Infantil do país ignoram o uso de temas raciais em suas atividades (Barbosa, 2024). Diante disso, há um mar de possibilidades para que o racismo se faça presente já nessa fase da vida de uma pessoa negra.

Diante dessa percepção e da enorme repercussão que "O meu cabelo é bem bonito" obteve, resolvi explorar e aprofundar mais ainda a abordagem dentro do universo da Educação Infantil, desenvolvendo outras composições que trabalhassem o antirracismo a partir de situações recorrentes do racismo na infância, pois percebi que não havia material musical que focasse nesse tema. Ao contrário, as cantigas que desde sempre permearam o cancioneiro infantil brasileiro estão impregnadas de toda espécie de violência e desumanização ao povo negro ("Boi da cara preta", "Escravos de Jó", "Samba Lelê"), tal qual as marchinhas de carnaval ("O teu cabelo não nega", "Mulata Bossa Nova"), que, além de caricaturar, trazem abordagens pejorativas sobre pessoas negras. Dessa maneira, criei a Música Popular

Brasileira Infantil Antirracista (MPBIA), um projeto que gerou o primeiro álbum infantil antirracista da história da música, que já lançou duas animações infantis nas plataformas digitais. Também deu origem a um livro inspirado na canção "O meu cabelo é bem bonito", e ao programa MPBIA nas escolas, que percorre gratuitamente escolas públicas da Educação Infantil até o 6º Ano do Ensino Fundamental, levando sua mensagem de letramento racial e empoderamento infantil em formato de *show* ou de oficina antirracista.

Se um dia a Educação Infantil foi um universo escasso de instrumentos para a difusão da questão antirracista, hoje podemos dizer que ela está em uma crescente, pois a MPBIA se faz presente e pode ser utilizada por qualquer pessoa que queira "letrar" racialmente uma criança. Ressalto esse termo porque as músicas da MPBIA penetram diretamente no imaginário infantil a partir de seus versos, internalizando uma mensagem positiva de afeto, boa convivência e respeito à diversidade latente de nosso país.

Esta é a ideia da MPBIA: servir como norte, como bússola para auxiliar professores, pedagogos, pediatras, psicólogos e responsáveis na construção de uma infância mais saudável, mais diversa e mais inclusa, funcionando como antídoto e cura aos males causados pelo racismo em nosso meio. É como seus dois bordões principais dizem:

"Mente vazia não cria.
Criança sadia ouve MPBIA"
"MPBIA é mais que cultura.
MPBIA é cura"
Allan Pevirguladez

Introdução

Luísa Mahin, Maria Felipa, Luís Gama, Abdias do Nascimento, Carolina Maria de Jesus e tantos outros ancestrais que lutaram no passado por uma vida melhor e por uma nova forma de conviver, sem espaço para o racismo e suas mazelas, devem sentir-se honrados pela atual luta antirracista no Brasil. Isso não quer dizer que o racismo é assunto encerrado em nosso meio. Ao contrário, ainda há muito a ser feito. Porém, nunca antes esse debate teve tanta força e tanta repercussão na sociedade brasileira, assim como não houve outro momento em que tantas ações afirmativas de combate ao racismo tenham se colocado na linha de frente das metodologias de ensino e das práticas de formação continuada em instituições privadas, governos e redes escolares em geral, proporcionando uma maior fomentação do tema.

Com base nessa perspectiva, apresento a vocês, leitores, minha contribuição nesse processo. O *Manual prático de educação antirracista* é uma proposta de letramento racial construída a partir de pesquisas, vivências e práticas de ensino já realizadas no ambiente escolar. O objetivo deste conteúdo é servir como mais um instrumento para que professores, pedagogos, empresários, CEOs e responsáveis ampliem seu repertório de mundo e apliquem a educação antirracista em seus respectivos espaços de atuação ou de convivência.

É importante ressaltar que a maioria das vivências e abordagens expostas aqui parte de uma perspectiva oriunda de escolas públicas do subúrbio do Rio de Janeiro, um universo habitualmente negro em termos de discentes, mas que infelizmente está contaminado com a chaga do racismo, fazendo com que as agressões físicas e verbais não ocorram somente entre brancos e negros, mas também entre negros e negros, revelando mais uma faceta dessa estrutura perversa e adoecedora.

Eliminar esse mal o quanto antes é fundamental para a construção de um mundo com equidade, sem qualquer fragmento de racismo. Este conteúdo tem o objetivo de ser propositivo e oferecer ferramentas para a construção de novas relações pessoais, bem como configurar um novo entendimento sobre a diversidade étnica do país.

A título de curiosidade, destaco que a Lei n. 10.639, de 9 de janeiro de 2003[2], completou vinte anos recentemente, mas ainda é um abismo para muitos educadores brasileiros. Isso ocorre porque grande parte desses profissionais não foram socializados com esse fundamento, muitos educadores nunca receberam uma formação para essa área de conhecimento. É recente o movimento que alguns governos têm feito na promoção e na difusão de

2. Essa lei foi criada em 2003, com o objetivo de levar para as salas de aula conteúdos sobre a cultura afro-brasileira e africana. Ela modifica a proposta de ensino sobre a contribuição do negro na formação da sociedade brasileira, tirando-o da mera condição de escravizado e conferindo-lhe influência direta em hábitos, costumes, culturas e credos do povo brasileiro.

projetos antirracistas em seus espaços e aparelhos públicos. No entanto, ainda há um longo caminho a percorrer para que possamos vislumbrar um país antirracista em todo o seu território.

Embora haja muito a ser feito, não é nenhum absurdo dizer que as ações afirmativas realizadas nos dias de hoje pelos movimentos sociais estão desconstruindo preconceitos, promovendo maior inclusão e diversidade e tornando as relações de convivência mais leves e menos traumáticas. Graças a isso, é possível divisar um novo amanhã, calcado no afeto e no respeito. E esse é o princípio.

Allan Pevirguladez

1

A IMPORTÂNCIA DE UMA EDUCAÇÃO ANTIRRACISTA NAS ESCOLAS BRASILEIRAS

Agora eu vou falar
de novo pra vocês
Aqui nesse espaço
racismo não tem vez

Se você quiser
você pode se juntar
Mas saiba que o respeito
tá em primeiro lugar

MPBIA
Allan Pevirguladez
(MPBIA, 2023)[3]

---

3. Nos capítulos deste manual, alguns trechos ou a letra completa do repertório da Música Popular Brasileira Infantil Antirracista (MPBIA) vão iniciar a explanação sobre o tema, servindo como norteador pedagógico possível a ser utilizado pelos educadores ou responsáveis para se trabalhar em uma perspectiva de educação antirracista.

A luta antirracista não é uma novidade no Brasil. Ela acontece desde quando os primeiros africanos escravizados se insurgiram contra os seus senhores e promoveram as primeiras fugas e formações de quilombos. No entanto, passados quase quinhentos anos, é possível que estejamos vivenciando o momento mais consistente desse movimento que, embora não derrame tanto sangue na busca por direitos e respeito – tal como ocorrera no passado –, ainda luta contra a triste estatística de que a cada 23 minutos um jovem negro é vítima de assassinato neste país. Essa estatística é um reflexo explícito do racismo estrutural e de uma herança escravocrata que teima em persistir e se adaptar às mudanças que a sociedade brasileira vem realizando ao longo do tempo.

Nos últimos anos, algumas conquistas significativas no campo da educação têm sido fundamentais para garantir uma nova formação ao educando brasileiro. Elas buscam desconstruir uma ideia ultrapassada e eurocêntrica de ensino, propondo um novo olhar sobre os povos indígenas e africanos desde a chegada dos portugueses por estas terras. As Leis n. 10.639/2003 e 11.645, de 10 de março de 2008[4], são dois marcos históricos em nossa legislação, pois propiciaram aos gestores e aos educadores um respaldo legal para trabalhar a questão étnico-racial de

4. A Lei 11.645/2008 vem se juntar à Lei 10.639/2003 em termos de ampliação de conhecimentos sobre a formação do povo brasileiro, pois traz a obrigatoriedade do ensino dessa matéria e da história da diversidade indígena, mostrando a contribuição desse povo na construção da identidade deste país.

forma decolonial[5], sem mais se ater àquela didática que tratava negros e indígenas de forma pontual e folclórica. Com a proteção da lei e um trabalho sistemático nas escolas, nosso país se consolidaria como uma potência educacional no combate ao racismo no continente e, assim, reduziria as desigualdades e trilharia um caminho consistente para reparar os erros cometidos no passado. Porém, essa não é a nossa realidade.

A educação brasileira ainda está muito aquém do que deveria ser quando se fala em educação antirracista. Faltam unidade e sistematização de conceitos na formação profissional e continuada dos educadores, políticas públicas diretas entre os governos e materiais pedagógicos antirracistas em larga escala para dar suporte ao planejamento do educador. Falta, na maioria das escolas, a inserção da questão antirracista de forma prioritária no Projeto Político-Pedagógico. Assim, o educador fica em uma via-crúcis, sem saber o que fazer, seja por falta de competência no assunto, seja isolado e desgastado por ser o "único" a trabalhar essa questão na escola.

Não há apenas um modelo para abordar a educação antirracista dentro da escola. Cada professor, a partir de sua bagagem e de sua ótica, trará repertórios que possam contribuir com a causa dentro de seu conteúdo. A troca de conhecimentos entre colegas da rede educacional para

5. O pensamento decolonial é um pensamento que se desprende de uma lógica de um único mundo possível (lógica da modernidade capitalista) e se abre para uma pluralidade de vozes e caminhos. Trata-se de uma busca pelo direito à diferença e a uma abertura para um pensamento-outro.

uma metodização do ensino antirracista fortalece o desempenho da escola por uma educação mais diversa, inclusiva e com equidade racial.

A formação de um cidadão consciente, pleno e saudável, que nunca vai flertar com o racismo e sempre vai buscar proteger quem o sofrer, não se restringe aos aprendizados em sala de aula. O ideal é que o ensino antirracista seja inerente ao dia a dia da escola, começando desde a entrada do aluno na unidade escolar, perpassando pelos profissionais da cozinha e da limpeza, pelo professor, pelo coordenador, pelo diretor e atingindo a família do educando. Nesse trajeto, o aluno vai se consolidar como um cidadão antirracista.

"A escola sozinha, efetivamente, ela não consegue reverter as situações de racismo, mas sem a escola é impossível que isso aconteça" (Rocha, 2022).

2

A SOLIDÃO DA CRIANÇA NEGRA NO AMBIENTE ESCOLAR

Aquele menino
Ali bem quietinho
Por que que ele está
No cantinho tristinho?
Chame ele pra cá
Não o deixe sozinho
Vamos ser o seu lar
Vamos ser seu amigo...

UNIÃO É A CHAVE
Allan Pevirguladez
(MPBIA, 2023)

Uma aluna negra, de nove anos, estudante do Ensino Fundamental de uma escola de São Paulo, relata aos pais que é isolada pelos colegas onde estuda. Ninguém brinca com ela, sua única companhia durante o intervalo é o livro. Os colegas passaram a debochar dela após a revelação de que nascera no horário noturno. Os pais, ao saberem do fato, acionam a escola, que não vê relevância no caso e não toma nenhuma providência (Valle, 2021).

Esse acontecimento da vida real representa uma realidade latente, que confirma o despreparo que acontece dentro da escola para lidar com situações em que o racismo se faz presente. Não é de hoje que a construção da imagem do negro não é trabalhada de maneira positiva na educação brasileira, e isso não deixa de ser um determinante para o rendimento escolar de uma criança negra.

Muitas escolas brasileiras, inspiradas em um currículo escolar eurocêntrico, não trabalharam a questão da diversidade dentro de seu ambiente escolar. Ao contrário, silenciaram-se diversas vezes diante dessas violências, o que muito corroborou para que o racismo se legitimasse com força nesses espaços.

Uma criança negra que sai de seu lar para a escola pode ser atravessada pelo racismo a qualquer momento, e se o profissional da educação ali presente não estiver atento à questão, ou não fizer nenhuma interrupção caso presencie uma ocorrência dessa natureza, ela estará sujeita a uma série de traumas que poderão ser irreversíveis se não forem acolhidos com a importância devida. No pior cenário, esses traumas podem até mesmo gerar uma aversão à escola.

Alguns dados e pesquisas científicas (Garcia, 2020) comprovam que a maioria – em verdade, a quase totalidade – das crianças em situação de pobreza ou vítimas de exploração do trabalho infantil são pardas ou pretas.

Segundo informações do Fórum Brasileiro de Segurança Pública (2020), antes de completar quinze anos, uma criança negra tem três vezes mais chances de ser morta ante a uma criança branca (Ribeiro, Bruna, 2021).

A realidade é uma só: não somos todos iguais. O mito da democracia racial é uma falácia. Ser uma criança negra neste país é correr mais riscos de violência, é ter sua capacidade intelectual questionada, posta à prova, a todo momento. Por isso, a diversidade, a inclusão e a interseccionalidade[6] são temáticas de alta relevância para crianças e adolescentes que estão definindo seus lugares no mundo.

Ações afirmativas que ressignifiquem de forma positiva a identidade do negro são essenciais para uma nova construção social.

A literatura infantil, as brincadeiras, os jogos educativos e todos os outros elementos da cultura infantil precisam ser pensados e propostos de forma racializada.

É preciso incutir na mente da criança branca que há uma diversidade de beleza, de competências e de saberes culturais nos seus outros pares raciais que precisam ser valorizados, pois ela não é o único padrão de prestígio social existente.

---

6. Interseccionalidade é a interação ou sobreposição de fatores sociais que definem a identidade de uma pessoa e a forma como isso irá impactar sua relação com a sociedade e seu acesso a direitos.

Embora atualmente a lei garanta a obrigatoriedade de aprendizagem de História e Cultura Afro-Brasileira e Indígena na Educação Básica, ainda se vê um ensino muito distante dessa proposta, uma vez que muitos educadores e diversas escolas deste país não passaram por um processo de formação qualificada nesse tema, e, por isso, *performam* ideias insuficientes acerca da representatividade do negro no Brasil.

O dia 20 de novembro (Fernandes; Neves, [s.d.]) é uma data referência para a população negra. Durante o referido mês, as escolas buscam desenvolver ações voltadas para a temática do negro. Isso é importante, porém é preciso destacar que o trabalho de uma educação antirracista deve ocorrer durante os duzentos dias letivos na unidade escolar, para que não haja prejuízo no entendimento da valorização e da contribuição da identidade negra em nosso país.

A busca por uma sociedade melhor precisa passar por um processo de aprendizagem que contemple as diversas identidades que este país apresenta. Sendo assim, a normatização de uma educação antirracista, com metodologias efetivas e práticas, faz-se essencial em toda a rede escolar brasileira, para, assim, gerar uma consciência racial consistente em todo país.

Chega de solidão, de isolamento e de ações pontuais. A educação antirracista precisa ser um instrumento de atuação ininterrupta e permanente de todos os pares sociais, não somente da escola.

"A exclusão escolar é o início da exclusão social de crianças negras" (Silva, 2001, p. 66).

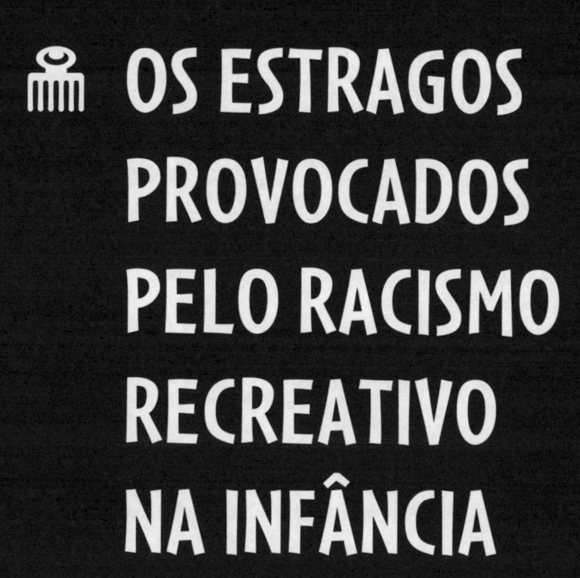

3

OS ESTRAGOS PROVOCADOS PELO RACISMO RECREATIVO NA INFÂNCIA

Brincar é muito bom
Mas não é piada
Aquele que não respeita
Não está com nada
Não importa a cor
Não importa a raça
Todas as crianças
Têm que ser bem tratadas...

BRINCAR NÃO É PIADA
Allan Pevirguladez
(MPBIA, 2023)

A discriminação estética é o tipo de racismo que mais ocorre no ambiente escolar. Cabelos crespos, os diversos traços negros e o tom de pele retinto são constantemente alvos de ataques racistas proferidos pelos alunos com intuito de "esculachar" o colega de turma ou de outra sala. Tais agressões, disfarçadas de brincadeira, têm sua origem, muitas vezes, fora da escola: em vários casos elas são trazidas do seio familiar do educando. Porém, a situação acaba se agravando na unidade escolar, que não interrompe nem provoca reflexão alguma acerca desse tipo de violência.

As crianças negras passam por maiores dificuldades com seus cabelos e suas peles, porque percebem que não possuem a mesma aceitação que as outras crianças. Elas são, inclusive, excluídas no momento de receber qualquer tipo de afetividade por parte de alguns professores.

Isso ocorre, em geral, pelo fato de já haver uma naturalização desse tipo de "humor" como parte de uma cultura racista que existe em nosso país. Muitos educadores foram socializados, em sua comunidade ou por meio da mídia, em um ambiente no qual esse tipo de atitude era comum. Os programas televisivos, as músicas de carnaval e as piadas de cunho racista sempre fizeram parte do dia a dia dos cidadãos brasileiros, e até bem pouco tempo atrás jamais haviam sido alvo de alguma restrição ou apontamento crítico mais veemente. Exceto em situações extremamente constrangedoras e de muita repercussão negativa, não havia combate a esse tipo de racismo em nossa sociedade.

A suposta sutileza do humor racista, visto como uma atitude de menor potencial ofensivo que não gera um grande impacto, fez que esse movimento de brincar jocosamente com a imagem e a reputação de pessoas negras se alastrasse de forma instantânea e nociva em todas as camadas sociais do Brasil, transformando-se em instrumento discursivo de entretenimento para políticos, *influencers*, comediantes, jornalistas, modelos, entre outros.

O racismo recreativo parte sempre da premissa de que, independentemente de qualquer fator, o negro é inferior ao branco, e ponto-final. Seja no aspecto moral, seja estético, seja intelectual, seja sexual, nada poderá mudar essa condição. Isso, no fim das contas, despedaça e dilacera a autoestima e a existência de uma pessoa negra, contribuindo, assim, para sua desumanização.

Por outro lado, é importante destacar que não é nada incomum, dentro do ambiente escolar, situações em que um aluno negro "reproduz" racismo recreativo a seus semelhantes de cor ou a outros grupos raciais que estão em desvantagem na pirâmide social. Há uma falsa sensação de superioridade nesse processo, uma tentativa inútil de não se mostrar pertencente a esse quadro de hostilidade, uma negação profunda de sua negritude; ou seja, há uma ideia de que, ao adotar uma postura da branquitude, esse aluno será menos agredido por esse tipo de humor de seus colegas brancos. Porém, isso não se confirma posteriormente, pois o atravessamento do racismo pode se dar independentemente do movimento que esse aluno possa fazer para minimizá-lo.

De forma inconsciente ou não, você já produziu racismo recreativo

Se pensarmos que o racismo é institucionalizado e estrutural, a afirmação anterior não é uma mera provocação ou algo sem sentido, mas sim um movimento "natural" de uma sociedade arraigada à escravidão. Ou seja, não é somente nosso aluno quem produz hoje um discurso ou uma brincadeira fundamentada no racismo recreativo. Talvez você mesmo, educador, em algum momento de sua vida, já tenha produzido alguma fala nesse viés, mas nem tenha se dado conta, visto que a formação cultural do povo brasileiro ocorreu a partir desses discursos disfarçados de brincadeira.

ALGUMAS FRASES E DISCURSOS DO RACISMO RECREATIVO QUE DEVEM SER BANIDAS DO NOSSO DIA A DIA

- "Isso é serviço de preto!"
- "Saco de carvão 2 reais."
- "Negro, quando não c... na entrada, c... na saída."
- "Tinha que ser preto!"
- "De preto já basta eu."
- "Você tem cabelo de bruxa!"
- "Cabelo de Bombril®."
- "Cabelo de mendigo."
- "Cabelo duro."
- "Buiú, Chokito®, Nescau®."

- “Humor negro.”
- “Chuta, que é macumba.”
- “Samba do crioulo doido.”
- “Nego é fogo! Neguinho só faz m...”
- “Denegrir.”
- “Macumbeiro!”
- “Galinha de macumba!”
- “Nhaca!”

É fundamental que todos os profissionais da escola não silenciem nem reforcem situações de racismo recreativo. É necessário que sejam agentes responsáveis e conscientes de um novo pensar sobre a gravidade desse tipo de comportamento e façam com que os alunos entendam que a diversidade étnica precisa ser respeitada para que o ambiente escolar se torne um espaço de convivência saudável e harmonioso entre todos os que compõem esse universo.

“O *bullying* te descaracteriza,
o racismo te desumaniza”
(Brito, 2019).

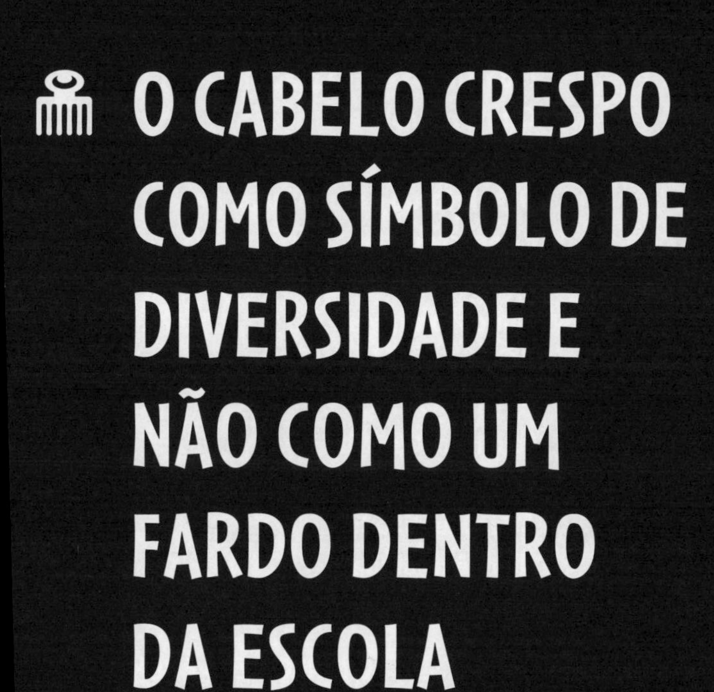

4

O CABELO CRESPO COMO SÍMBOLO DE DIVERSIDADE E NÃO COMO UM FARDO DENTRO DA ESCOLA

O meu cabelo
É bem bonito
É *black power*
E é bem pretinho
O do João também é bonito
É amarelo e bem lisinho
O da Vitória é uma gracinha
Cor de chocolate
Feito de trancinha
O do Ricardo é muito legal
É bem crespinho
E é natural
Muitos formatos
Vários cabelos
Não tenha medo
Se olhe no espelho
Ele representa
A sua identidade
Ninguém vai tirar
A minha liberdade!

O MEU CABELO É BEM BONITO
Allan Pevirguladez
(MPBIA, 2023)

Quem nunca ouviu uma história de uma criança negra que queria ter cabelo liso para acabar com os apelidos que ouvia na escola? Quantas meninas negras tiveram de adotar o uso do cabelo preso para evitar agressões racistas no ambiente escolar? Quantos meninos negros cortam o cabelo semanalmente porque cabelo de menino negro precisa estar sempre baixo e curto para transmitir "boa aparência" (quando não cortam, utilizam boné por não se sentirem belos)?

Essas agressões racistas são danosas à saúde mental da pessoa negra. Elas também ocorrem quando o outro, em geral uma pessoa branca, busca, a partir de sua fala, induzir e definir o melhor tipo de cabelo a ser adotado pela pessoa negra quando esta faz uma mudança em seu visual: "Ah, eu prefiro o seu cabelo assim, trançado. Fica muito mais bonito". Há também o ato racista de uma pessoa branca pôr a mão sem permissão no cabelo de uma pessoa negra como se fosse algo exótico, como se aquela possuísse o direito de invadir a intimidade desta para saciar sua curiosidade.

Cultivar a autoestima negra de forma positiva é um importante fator para uma construção saudável e empoderada da criança negra em ambiente escolar. Logo, faz-se essencial que o educador antirracista esteja atento e preparado para que nenhuma violência ocorra na escola a fim de desumanizar um dos traços mais importantes do povo negro: seu cabelo.

De geração a geração, os cabelos afro carregam uma série de significados e valores para a cultura negra (Nunes, 2022). Eles agregam, além do fator estético, conhecimento de sua origem, resistência e herança ancestral. No entanto, o racismo estrutural brasileiro trabalhou com muito afinco para destituir do povo negro esse traço africano de beleza e de identidade. Por meio de um sistema opressor e eurocêntrico, impôs-se, na mídia, no mercado de trabalho e no dia a dia, um único padrão de beleza merecedor de estima social: o caucasiano. Há diversos casos e relatos na mídia de crianças e jovens negros que, durante boa parte da juventude, viram no cabelo um fardo a ser carregado, lançando mão de produtos e químicas extremamente agressivos a fim de embranquecer sua estética, para, desse modo, tornarem-se mais aceitos dentro de seu nicho social.

A escola como potencializador de identidades na infância

O cabelo de uma criança negra não pode ser mais um obstáculo na busca por uma educação de qualidade e por um ambiente saudável dentro da escola. Ao contrário, ele precisa ser mais um elemento que potencialize da melhor forma sua identidade, seus valores, suas origens e sua ancestralidade.

A escola precisa se posicionar previamente para que esse tipo de violência não ocorra dentro de suas dependências. A ação do educador deve contemplar afetuosamente todos os grupos étnicos que habitam no ambiente. O elogio, o carinho ou a maior atenção nas atividades propostas precisam tentar, sempre que possível, ser na mesma medida para todos, sem excluir nenhum aluno do processo. Planejar trabalhos interdisciplinares tendo a diversidade de cabelos como tema é importante para acentuar a riqueza do nosso povo. Também é necessário que o Projeto Político-Pedagógico da unidade escolar tenha a questão da educação antirracista como eixo fundamental de sua atuação durante o ano letivo, buscando conscientizar e erradicar qualquer sintoma de racismo que tente se difundir dentro do espaço de ensino.

"[...] a representatividade é importante:
onde a gente não se vê,
a gente não se pensa,
não se projeta"
(Carine, 2023, p. 20).

5

COMO O RACISMO RELIGIOSO AFETA A SAÚDE MENTAL DE UMA CRIANÇA NEGRA

Desde pequenininho
É que se aprende a respeitar
A fé do coleguinha
Não devo menosprezar

Seja da igreja
Seja do terreiro
Isso nada muda
Amizade vem primeiro

Ele é do bem,
E eu sou também
O que é do mal
É desmerecer alguém

Indígena, preto e branco
Traz sua fé de um lugar
Vamos ser feliz
Todos juntos sem brigar

AMIZADE VEM PRIMEIRO
Allan Pevirguladez
(MPBIA, 2023)

Desde quando os portugueses invadiram o Brasil e deram início ao maior comércio transatlântico de escravizados de todos os tempos, a busca pela extinção de tudo que fosse característica do povo africano passou a ser objeto de desejo para fins de apagamento das origens africanas por parte dos colonizadores. Seja em suas memórias, seja em seus costumes, seja em suas crenças, a meta final sempre foi esvaziar dos escravizados toda e qualquer herança oriunda de África. A Igreja Católica foi parte determinante nesse processo, pois a instituição utilizou da escravidão para construir seu legado no Brasil com a força de trabalho dos escravizados, concordando com o conceito de que a "raça" negra era inferior à branca e merecia ter sua alma "salva" por meio da conversão à religião europeia.

Em 1890, o Brasil tornou-se um Estado laico (Nogueira, 2020b), no entanto, o Decreto de Lei no Código Penal criou uma delegacia específica na Polícia Civil para apreender artefatos e deter adeptos do candomblé (Brasil de Fato, 2020). Há também matérias na imprensa "festejando" os ataques da polícia a cultos de religiões afro. Em verdade, todo e qualquer traço religioso africano contrário a uma religião cristã sempre foi motivo de perseguição (Trigueiro; Vilela, 2022) e demonização no país.

A expressão "intolerância religiosa" passou a ser uma terminologia bastante utilizada nos últimos tempos por estudiosos e interessados em explicitar o preconceito religioso com religiões de matriz africana vigente em nosso país. Todavia, tal nomenclatura se faz insuficiente, quando, em uma análise mais aprofundada do que acontece no Brasil, percebemos que a questão é estritamente racial, pois são majoritariamente os adeptos da umbanda e do candomblé os grupos religiosos mais violentados, estigmatizados e perseguidos pela sociedade em geral[7]. As pesquisas, reflexões e os dados analisados por especialistas como Sidnei Nogueira, Hédio Silva Júnior e Rodney William consideram que o racismo religioso é a expressão que melhor define tal violência.

Nos últimos anos, temos testemunhado mais uma faceta do racismo religioso: as tentativas de modificação nos nomes de elementos da gastronomia e da luta afro-brasileira, com vistas a atender às demandas de uma parcela de grupos cristãos. São os casos de chamar o acarajé de "bolinho de Jesus" e de falar-se em "capoeira *gospel*", exemplos explícitos de apropriação cultural e da negação da origem ancestral de criações originárias do povo negro.

O racismo religioso é perverso, pois obriga famílias negras a esconderem a crença de seus filhos dentro do universo escolar por temerem que sofram represália dos seus colegas de turma e até mesmo de outros profissionais da escola. A criança adepta do candomblé ou da umbanda precisa forjar sua conduta, viver de forma velada sua fé, para que não seja marginalizada ou vista com suposta propensão a fazer o "mal" ao outro. Todo esse alijamento é feito para que ela não se torne "alvo" das violências racistas enraizadas em nossa sociedade.

---

7. Verifique, por exemplo: Tardelli, 2020; Tavora, 2022; Silva, 2020.

Formas de combater o racismo religioso na escola

O racismo religioso é uma violência que causa muitos danos à saúde mental de uma criança negra em idade escolar adepta de uma religião de matriz africana, pois isso afeta diretamente sua autoestima, sua intelectualidade, sua relação familiar e sua construção de identidade. Consequentemente, isso afetará sua participação ativa no dia a dia escolar. Essa prática tende a causar inibição e introspecção na criança negra, pois esta não se sentirá confortável em externar verbal ou textualmente seus pensamentos, seus costumes e sua visão de mundo em razão do medo de ser desumanizada pelos colegas de turma.

Preservar e respeitar as vivências trazidas pelo educando é fundamental para uma evolução saudável do processo de aprendizagem. A escola não pode ser conivente com essa violência nem pode incentivá-la. Ela precisa *performar* de forma efetiva no que diz respeito à diversidade religiosa existente neste país, para que nenhum aluno se sinta desprestigiado ou marginalizado por conta de sua crença religiosa.

A seguir, estão algumas possibilidades para o educador atuar de forma consistente diante de episódios de racismo religioso:

- A partir de textos da literatura infantil e infantojuvenil antirracista, apresente a mitologia Iorubá, de forma que o aluno entenda que, como forças da natureza, as divindades africanas conhecidas como orixás apresentam uma enorme diversidade e riqueza na formação cultural do país. Demonstre que, dentro desse universo, há outra maneira de enxergar a vida e a morte, assim como outra versão para a criação do mundo.

- Apresente e proponha atividades[8] a partir do maculelê, do maracatu, da dança afro, do carnaval, da capoeira e do jongo, com o objetivo de reforçar a riqueza cultural que essas expressões afro-brasileiras entregam para a construção do indivíduo e da sociedade, reforçando a representatividade negra positiva e rompendo com qualquer tipo de demonização que possa haver sobre tais elementos.
- Intervenha sempre que houver alguma fala ou ataque racista de cunho religioso na escola. Termos e expressões como "macumbeiro", "macumba", "volta pro mar, oferenda", "chuta, que é macumba", entre outros, devem ser repreendidos. O Estado é laico e o Brasil é um país plural, construído a partir de várias culturas; portanto, não deve haver nenhum tipo de estigma ou doutrinação religiosa.
- Sempre que tiver oportunidade, converse com seus alunos de forma harmoniosa sobre fatos do cotidiano de grande repercussão na mídia que falem de casos de racismo religioso, buscando levar ao educando o entendimento de que o discurso de ódio não é saudável e o respeito à diversidade religiosa deve imperar sempre, independentemente da crença individual professada.

"Na história deste país, sempre teve um grupo religioso que é perseguido pelo Estado" (Santos, 2022).

8. Verifique, por exemplo, plano de aula em Casco, [s.d.].

6

O RACISMO QUE NOS ATRAVESSA INDEPENDENTEMENTE DE QUEM SOMOS

Ele baila por onde passa
É o maior ponta-esquerda do mundo,
mas é visto como ameaça
É um corpo preto, feito no Brasil
Descendente de África, dono de um sorriso
[gentil
É vítima do racismo, mas não perde a sua graça
A Europa hostil se incomoda com a sua raça
Não gosta da sua cara, não entende a sua
[magia
Não consegue conceber que, mesmo com
[tantos insultos
Ele ainda joga com muita alegria
Sambando na cara da sociedade racista com
[muita malemolência
Feito os seus ancestrais, que faziam da dança
a sua forma de resistência
A sua essência, a sua negritude
Vinícius Júnior, o espetáculo é seu, portanto,
Nunca mude.

ESSÊNCIA E NEGRITUDE
Allan Pevirguladez

Recentes episódios racistas ocorridos com o jogador Vinícius Júnior por parte de torcedores rivais do Real Madrid ratificam uma questão muito cruel da sociedade em que estamos inseridos: o fato de uma pessoa ser famosa ou reconhecida globalmente não a livra de ser alvo de racismo.

Adotando esse caso como referência para uma análise que pode também servir de parâmetro para outros fatos semelhantes, olhando inicialmente poderia parecer que as ofensas dirigidas ao jogador brasileiro estão relacionadas a seu jeito "abusado" de jogar e a sua forma de celebrar seus gols ou os de seus companheiros durante as partidas de seu clube. No entanto, com um olhar mais apurado, é possível observar que o que incomoda é a cultura da ancestralidade do jogador, oriunda de um povo que carrega em seu corpo e em sua dança a dinâmica para interagir e socializar com o mundo a seu redor (seja na roda de samba, seja na batalha de passinho, seja na roda de capoeira, seja em cerimônias de religiões de matriz africana). Assim, torna-se evidente que a reprovação e os xingamentos têm muito a ver com um racismo do homem branco europeu, que não aceita a forma como um homem negro retinto afro-brasileiro celebra sua felicidade em um continente ao qual não é "pertencente".

O objetivo dos torcedores rivais com essas manifestações racistas sobre Vinícius Júnior é primeiramente desestabilizá-lo da forma o mais animalesca possível, mas também fazer com que ele abra mão de sua identidade, de sua cultura e de seus referenciais e, por fim, da própria negritude. Tentar embranquecer a postura do jogador em campo, tornando-o mais europeu e menos africano, talvez seja o propósito dos torcedores rivais que atacam constantemente Vini Jr.

Em tempos em que a sociedade passou a cobrar um posicionamento e punições mais severas sobre os casos de racismo no futebol, é possível observar alguns desdobramentos nesse sentido. Em 2023, La Liga lançou um aplicativo (Coccetrone, 2023) para que sejam feitas denúncias em caso de ocorrência de racismo nos jogos, assim como um manual educativo de combate ao ódio e à violência, que serve tanto para o torcedor quanto para os atletas. Já o atual presidente da Federação Internacional de Futebol Associado (Fifa), Gianni Infantino, emitiu um comunicado, no início de 2024, admitindo que as medidas para erradicar esse mal do futebol não têm sido suficientes. Ele também afirmou que pretende propor, nas próximas reuniões da entidade, punições mais severas (como derrota automática, por exemplo) aos clubes cujos torcedores praticarem racismo em uma partida de futebol.

Embora com muito atraso, o movimento das autoridades do futebol para combater o racismo no continente europeu gerou, enfim, em junho de 2024, o primeiro resultado efetivo contra os racistas, que foi a condenação – a oito meses de prisão e dois anos sem poder frequentar um estádio de futebol – de três torcedores do Valência que proferiram insultos racistas a Vini Jr. em maio de 2023, no estádio Mestalla.

O jogador comemorou a sentença da justiça da Espanha e afirmou que não é vítima do racismo, mas sim algoz dos racistas. É importante enaltecer o feito histórico realizado por Vini, que encarou esse combate de maneira firme e irredutível, colocando a sua própria carreira em risco. Porém, é preciso entender que ainda estamos muito distantes de ressignificar os lugares e o *modus operandi* do racismo no mundo. Pessoas negras ainda sofrem atravessamentos constantes e diários, o próprio Vini foi muito desumanizado durante todo esse período, sendo perceptível a sua tristeza, mesmo não abaixando a cabeça em nenhum momento diante dos ataques racistas. Ou seja, não basta apenas uma condenação para que o racismo acabe e faça com que a população negra deixe de ser vítima. É fundamental que a força que Vini Jr. teve para lutar contra o racismo inspire todo o planeta Terra na busca por erradicá-lo do nosso meio.

Esse episódio serve para compreendermos que a educação antirracista hoje é elemento fundamental em todos os segmentos da sociedade. A falta dela, além de, principalmente, provocar danos em quem sofre a violência, afeta negativamente a imagem das entidades, causa prejuízo financeiro e gera cobrança da população. Por isso, é preciso que nós, como educadores antirracistas, estejamos sempre atentos para não deixarmos nossos alunos serem afetados por nenhum discurso de ódio. Busquemos sempre proporcionar um ambiente afetuoso e leve para que eles possam se desenvolver de forma plena e consciente da diversidade do mundo ao seu redor.

"O fato de uma pessoa negra estar na liderança não significa que esteja no poder, e muito menos que a população negra esteja no poder"
(Almeida, 2020, p. 110).

7

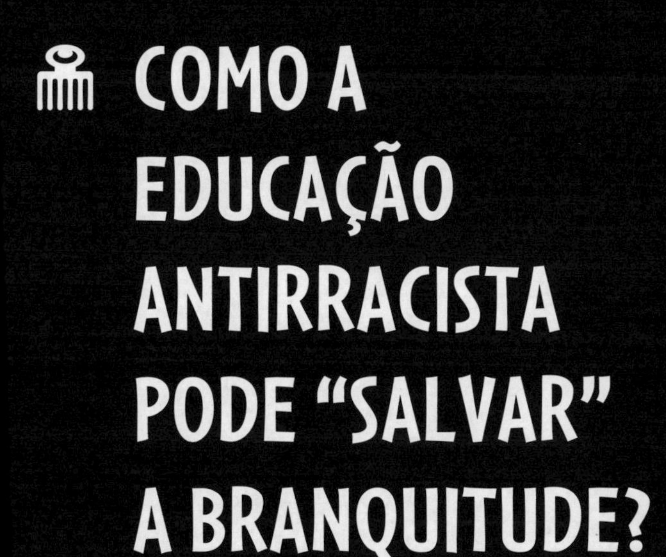

COMO A EDUCAÇÃO ANTIRRACISTA PODE “SALVAR” A BRANQUITUDE?

Qual é a cor da sua pele?
Qual foi a cor que me gerou?
Nós somos feitos de várias peles
E todas elas têm seu valor

QUAL É A COR DA SUA PELE
Allan Pevirguladez
(MPBIA, 2023)

A branquitude brasileira encontra-se em um momento de definição. Seus próximos passos decidirão de que lado ela está no que diz respeito ao combate ao racismo. Para isso, ou abre mão de suas heranças e regalias e se coloca como agente do problema, *performando* uma postura antirracista, desconstruindo essa violência dentro do próprio grupo racial, ou se exime de qualquer responsabilidade, sem emitir nenhuma opinião nem confrontar sua base, mantendo-se passiva em sua bolha de desigualdades.

A educação antirracista é uma ação liderada e orquestrada pelo movimento negro, porém não é uma responsabilidade única deste. É imprescindível que a branquitude incorpore uma agenda antirracista em seu dia a dia para uma transformação mais efetiva do Brasil, a fim de reduzir as desigualdades existentes e oriundas do racismo estrutural do país.

Se, durante muito tempo, o branco brasileiro viu-se como padrão, como universal, sem precisar pensar nos estragos produzidos por sua raça, sem questionar seu maior acesso à educação, à ciência, à tecnologia, à saúde, aos bens culturais, aos cargos de liderança no mercado de trabalho, aos espaços de poder, tudo isso sem ser confrontado em seus privilégios e heranças e sem ter a necessidade de observar a riqueza cultural existente em seus outros pares raciais, é urgente afirmar que essa suposta superioridade inventada pelo branco tenha sua paz abalada pelas mudanças que a sociedade moderna lhe impõe. Já passou da hora de caminharmos juntos em direção a um futuro com mais equidade, acessos e direitos para todos os grupos que compõem esta nação. Somente assim teremos êxito nesta jornada de combate ao racismo.

Independentemente de serem professores, pais, diretores, profissionais da limpeza, agentes educadores ou qualquer outro tipo de cidadão, pessoas brancas, de modo geral, precisam se movimentar na busca por conhecimentos e soluções para combater e agregar possibilidades de estancar o racismo do nosso convívio. É inconcebível aceitar, por exemplo, que um docente diga a seu diretor que não dá conta de promover uma educação antirracista em sua aula pelo fato de ser uma pessoa branca. Ele precisa atuar também para solucionar essa inabilidade, seja adquirindo livros sobre o tema, seja se inscrevendo em cursos de letramento racial, seja pesquisando e estudando por conta própria. É importante frisar que não é sadio uma pessoa branca fazer de uma pessoa negra sua fonte de informações sobre racismo toda vez que tiver dúvida sobre alguma questão relacionada ao tema.

A aquisição de um repertório mais robusto sobre a questão étnico-racial brasileira possibilitará à pessoa branca adulta se transformar em um agente direto de uma cultura antirracista. Isso irá torná-la apta a preparar melhor a criança com a qual possui convivência, de maneira que ela se relacione de forma mais saudável com o universo ao seu redor.

Os efeitos de uma educação antirracista no desenvolvimento de uma criança branca

A partir de uma construção social decolonial que atrela letramento racial à educação, podemos obter um resultado bastante satisfatório no desenvolvimento das próximas gerações de pessoas brancas no que se refere ao combate ao racismo no Brasil. A implementação de um sistema educacional mais plural e menos colonizador pode afetar positivamente a construção dessa branquitude do futuro, que estará disposta a confrontar a branquitude do passado, objetivando superar seu racismo.

Para isso, faz-se necessário que haja um trabalho consistente por parte dos educadores em todo o país. É necessário aprofundar e provocar a subjetividade branca e os conceitos nutridos em seu universo que podem se desenvolver futuramente em movimentos racistas. Em linhas gerais, significa sair da crítica estrutural ao eurocentrismo e partir para uma nova ressignificação de valores e conceitos apreendidos no dia a dia, utilizando-se de práticas de ensino antirracistas.

Dotar a criança branca de aprendizagens oriundas de outras culturas, como a africana, a oriental e a indígena, fará que ela tenha uma leitura mais ampliada do mundo e dos outros povos com os quais estabelece contato em seu dia a dia. Também é importante fazê-la perceber que, ao conhecer e conviver com a diversidade, seu mundo se torna mais "rico". Isso condicionará a criança a, no futuro, questionar espaços que apresentem apenas pessoas de um único grupo racial, ou uma porcentagem ínfima de negros, com o objetivo de demonstrar representatividade em sua empresa.

O olhar e o intelecto de uma criança branca precisam ser educados desde cedo a pensar o mundo como um lugar construído por diversos olhares, de variadas etnias, cada qual com uma parcela de contribuição. Ela não deve considerar que somente uma detém a hegemonia de saberes e realizações. Ao contrário, precisa entender que é na diversidade que o povo evolui. Uma só cultura, um só idioma, uma só identidade, apenas um grupo racial, por mais importante que possa ser, não podem ser a única fonte de sabedoria e de valores para os mais de oito bilhões de habitantes no planeta Terra. É fundamental que outros pontos de vista e outros conhecimentos coexistam para lidarmos da melhor maneira possível com as inúmeras situações e problemáticas com que vamos nos deparar ao longo da nossa existência neste planeta.

A educação antirracista exercida de modo permanente e com metodologias práticas tem a possibilidade real de formar uma nova geração de pessoas brancas com caráter antirracista em nossa sociedade, o que multiplicará em muito os agentes antirracistas, minando essa violência de forma substancial em nosso meio.

"Quem sempre quis dividir, segregar, separar, que não aceitava que o filho tivesse um coleguinha negro na caríssima escola particular foi o branco" (Rogero, 2022).

8

A AFETIVIDADE DO EDUCADOR COMO INSTRUMENTO DE ENFRENTAMENTO AO RACISMO

Deixe de bobagem, pretinho
Quem foi que disse que você não é lindo?
Deixe de bobagem, pretinha!
Quem foi que disse que você não é linda
Você é belo como um rei
Você me lembra uma rainha
Com o seu *black* poderoso
Com suas tranças de conchinha
A sua pele é de ouro
O seu nariz de maçãzinha
Não tenha medo do seu corpo
Abra um sorriso nessa carinha

DEIXE DE BOBAGEM, PRETINHO
Allan Pevirguladez
(MPBIA, 2023)

Na educação brasileira, o racismo sempre deu as caras de inúmeras maneiras. Uma delas está relacionada com a forma de tratamento direcionado às crianças brancas em oposição ao direcionado às crianças negras. Por ser considerada em uma condição de privilégio social, estético e estrutural, a criança branca infelizmente recebe uma atenção e um zelo maiores do que a criança negra. A relação estabelecida é muito mais carinhosa e repleta de elogios a seus traços e características, o que não ocorre com a criança negra. Isso afeta diretamente a psique dos educandos, pois, mesmo ainda pequeno e tentando entender como funciona essa coisa chamada mundo, essa criança percebe que sua cor e as outras características que possui não são dignas da mesma atenção, do mesmo cuidado e da mesma cautela recebidos por seu outro colega de escola. Temos aí o primeiro atravessamento provocado pela escola e pelo racismo estrutural brasileiro. A sequência desse processo vai ocorrer durante seu crescimento, quando, muitas vezes, seja por meio de punições, constrangimentos, humilhações e excesso de impaciência ante a um não entendimento do conteúdo, o aluno negro passa a compreender que ele não é bem-vindo naquele ambiente, mas sim tolerado pela escola e seus profissionais.

Não se trata de servir como atenuante ou como desculpa, mas sim como observação da realidade e dos fatos. A taxa de analfabetismo de crianças negras é quase 7% maior que a de crianças brancas na faixa de 7 a 10 anos (Ramos, 2023). A evasão escolar de jovens negros entre 14 e 29 anos é de 71,7% (IBGE, 2020). Esse é um absurdo que escancara o efeito devastador do racismo na vida dessa parte da população.

A escola precisa levar em consideração que, em muitos casos, a criança negra, antes de chegar ao ambiente escolar, esteja enfrentando em seu lar uma série de violências (abandono paterno, trabalho infantil, vício, abuso, entre outros exemplos). Tudo isso influencia diretamente seu comportamento e seu rendimento escolar, uma vez que sua cognição e seu equilíbrio social estarão abalados.

Uma educação que acolhe as subjetividades de todos os seus educandos, sem fazer distinção racial, tem maior probabilidade de êxito na redução da evasão escolar, pois o aluno se sentirá mais pertencente e confortável naquele ambiente. Isso o fará descartar qualquer possibilidade de evadir desse convívio. Uma educação inspirada no respeito e no afeto é o melhor caminho para a construção de um Brasil melhor e menos desigual.

"Rendimento escolar tem
a ver com afetividade"
(Brito, 2019).

9

QUANDO O RACISMO E O MACHISMO ATINGEM A MULHER NA ESCOLA

No meu cabelo ninguém se mete
No meu cabelo ninguém o toca
Ele é bonito e bem florido
Não é motivo para fofoca

[...]

Cada um tem o seu cabelo
Ele faz parte da sua memória
Não deixe nunca que desmereçam
Pois seu cabelo é a sua história

NO MEU CABELO NINGUÉM SE METE
Allan Pevirguladez
(MPBIA, 2023)

Muito se fala sobre o combate ao racismo dentro do ambiente escolar. Mas, quando essa opressão se une a uma outra para atingir um grupo específico, o que fazer?

Precisamos analisar que a violência do racismo, em vários momentos, funde-se com a violência do machismo. Essa junção busca oprimir o corpo feminino negro que está presente na escola, com o intuito de desqualificá-lo de todas as formas, independentemente de sua posição social – atinge alunas, professoras e qualquer outra figura desse gênero e raça dentro do ambiente escolar.

Um caso recente desse tipo de violência (Uol, 2023) serve para abordar a questão. Ele ocorreu em Brasília, no Distrito Federal, em uma data muito simbólica em nossa sociedade, o Dia Internacional da Mulher (8 de março). Na ocasião, uma professora negra recebeu de "presente" de um aluno um pacote de uma famosa esponja de aço conhecida como Bombril®. A professora, segundo relatos, ficou constrangida e foi vista chorando em outro ambiente da escola. O caso tomou proporções midiáticas e reacendeu o debate sobre a importância de uma educação antirracista na rede escolar e sobre como a escola deve agir diante desses casos.

É fundamental que façamos uma análise o mais minuciosa possível a respeito das inúmeras agressões realizadas pelo aluno nesse ato, a fim de tomarmos ciência da crueldade sofrida pela professora dentro do espaço de ensino. Desse modo, precisamos primeiramente falar, do ponto de vista social, sobre raça (Reis, 2011), um componente determinante nesse tipo de violência.

O ataque sofrido pela educadora em forma de "presente" se inspira em uma atitude racista, pois já está internalizado na mente do jovem aluno que pessoas com o tom de pele e os traços físicos da docente não são merecedoras de valor ou apreço, mas sim de achincalhe, escárnio e ridicularização. E o cabelo, nesse sentido, torna-se o alvo preferido para esse tipo de desumanização. Não há dúvidas da leitura de inferioridade que esse jovem faz de qualquer pessoa negra a seu redor. Tal comportamento do aluno é um modelo explícito de como a branquitude opera em nossa sociedade.

O outro fator que também serve de estímulo para a violência praticada pelo aluno é o gênero, pois ele sabe que vive em uma sociedade regida pelo patriarcado, pelo machismo; logo, vale-se disso para se sentir mais poderoso e agredir uma mulher. Não precisa de cerimônia, basta apenas agir, pois ele entende que aquele corpo é mais vulnerável e não o atacará da mesma forma. É uma perspectiva sexista de viver e de se relacionar com o mundo.

Esse caso exemplifica como duas ou mais opressões podem se unir dentro do ambiente escolar para atingir um único ser apenas: nesse caso, uma professora negra que, mesmo dotada de toda uma construção social e formação acadêmica, não ficou imune de ser atravessada por essas opressões, que, com certeza, ficarão em seu imaginário durante toda a sua história de vida. Imaginem o trauma que isso causa em nossas alunas negras espalhadas Brasil afora e que sofrem essas violências diariamente?

Portanto, se realmente quisermos uma escola mais saudável, inclusiva e livre de qualquer tipo de opressão, é essencial que toda ela tenha um olhar sempre atento a qualquer possibilidade de violência. É necessário realizar um trabalho de prevenção desde o primeiro momento em que o aluno adentra o espaço de ensino. Isso precisa ser feito durante toda a vivência educacional do discente, de maneira sistemática e ininterrupta.

Em caso de racismo, o que a escola pode fazer?

Primeiramente, é preciso deixar escurecido[9] que a escola não pode silenciar ante nenhuma ocorrência de racismo que ocorra em seu ambiente; quer seja com um aluno, quer seja com um funcionário. Do professor ao profissional da limpeza, todos precisam ser respeitados. É necessária uma intervenção à altura para a erradicação dessa opressão.

A resposta encontrada pela escola de Brasília para resolver o caso de racismo do Bombril® entregue como presente para a professora foi insuficiente: somente conversar com o aluno e fazê-lo pedir desculpas foi muito pouco, dada a gravidade da situação. Nem de longe essa medida trouxe garantias de que a questão tenha sido resolvida. Uma violência dessa natureza requer uma ação muito mais contundente e efetiva do que a realizada.

---

9. Neologismo utilizado e difundido pelo movimento negro por entender que é necessário ressignificar uma prática linguística e discursiva de caráter racista, que se estabeleceu na sociedade brasileira, em que termos como branco e claro são sempre utilizados com viés positivista e de bem-estar; já negro e escuro aparecem majoritariamente em construções de tom perjorativo e negativo.

Antes de elencar as ações que podem ser tomadas em casos de racismo na escola, é indispensável que o estabelecimento de ensino, a partir de seu gestor e do corpo docente, avalie a si mesmo e se olhe, no sentido de entender qual é a sua parcela de responsabilidade diante da ocorrência desse ato. É preciso fazer isso antes de tomar qualquer providência. Será que a escola cumpre bem seu papel na luta antirracista? Será que consegue explicitar nas diversas linguagens possíveis de sua estrutura seu caráter de escola antirracista? Será que está promovendo um ensino com equidade, de forma sistemática e preventiva? A reunião de responsáveis é um momento utilizado pela escola para também trazer à tona a importância do antirracismo no dia a dia dos alunos? Será que seu educador, durante a aula, contempla a questão étnico-racial de forma positiva em sua disciplina, seja ela qual for? Enfim, a realidade é que não dá para responsabilizar somente o aluno ou a sua família, pois a escola, também responsável pela formação desse aluno, não faz um trabalho consistente com o objetivo de erradicar o mal do racismo em seu espaço.

Todos precisam assumir sua responsabilidade nesse processo. Não dá para se esquivar diante de uma questão gigantescamente nociva como essa. Por isso se faz vital dizer que nenhum dos outros procedimentos a serem listados aqui, a título de "solucionar" os casos de racismo escolar, terão resultado positivo se a escola não exercer um trabalho categórico na sua rotina. Eles serão meros paliativos com poucas chances de eficácia.

Após essas considerações, seguem algumas possibilidades de ações que uma escola que já faz um trabalho antirracista pode adotar diante de uma ocorrência dessa gravidade:

- Convoque os responsáveis do jovem e converse sobre a gravidade do ato cometido pelo aluno, buscando sensibilizar esses responsáveis de que devem reforçar o repúdio daquele movimento feito pelo estudante. Importante também dialogar de forma harmoniosa com os tutores, pois há possibilidade de que tal movimento realizado pelo aluno possa ter sido aprendido e reproduzido a partir de seu seio familiar ou de seu entorno local, e eles precisam estar atentos para que o adolescente não absorva nem repasse esse discurso.
- Antes de optar por suspendê-lo, a escola precisa conversar com o agressor sobre o caso, fazendo-o entender que tal atitude é veementemente rechaçada em nossa sociedade, e que é um crime, conforme a Lei n. 7.716, de 5 de janeiro de 1989, sendo passível de julgamento e condenação. Caso ele seja um reincidente ou demonstre conscientemente que não vê nada de errado no ato cometido, a escola pode realizar, durante um período maior, mais conversas e ações sobre o assunto, a fim de sensibilizar o aluno da gravidade que é cometer um ato de racismo. Caso nenhuma dessas ações surtam efeito, a transferência ou a expulsão do aluno também é uma alternativa a ser realizada.
- A escola precisa acolher a vítima, oferecendo-lhe todo suporte e afeto necessários. Também precisa ouvi-la, deixando explícito que tem ciência da gravidade do ato cometido e que a instituição está disposta a promover

ou reforçar suas ações no sentido de combater o racismo em seu espaço, de maneira contínua e ao longo de todo o ano letivo.

- No caso de a vítima ser um aluno, faz-se necessário também convocar os seus responsáveis, demonstrando que a escola está ciente da situação, que repudia tal ocorrência em seu espaço e que ações efetivas serão tomadas. Confortar a família e expressar sensibilidade à questão é essencial, assim como tentar juntar todos os envolvidos para mediar de forma coletiva uma sanção para o causador da situação.

A escola elaborar um protocolo antirracista junto à comunidade escolar é fundamental para uma construção mais saudável do seu ambiente de aprendizagem. Esse documento vai nortear de maneira mais organizada a atuação dos professores e gestores no que concerne à questão étnico-racial dentro da escola, fazendo com que ninguém fique perdido ou sem saber o que fazer quando for lidar com uma situação de racismo ou quando for aplicar algum conteúdo antirracista com os alunos. Da mesma forma, vai explicitar para os pais qual o posicionamento da instituição em caso de agressões de cunho racista que possam vir a ocorrer em seu espaço, deixando todos cientes de suas responsabilidades e consequências.

A questão da formação continuada também é um fator muito importante a ser destacado no processo de como combater o racismo na escola, pois, ao longo do tempo, o racismo vai se reinventando e assumindo novas nuanças, logo, o educador também deve se movimentar e sempre buscar conhecer novas informações e práticas docentes positivas que possam contribuir nesse quesito de prevenção e letramento racial.

Portanto, sempre que possível, invista algum momento de seu tempo livre para participar de oficinas, cursos, debates, *lives*, exposições, saraus, seminários, rodas de conversa e eventos que tenham como foco o antirracismo, pois com certeza será de grande valia para aumentar seu repertório e qualificar sua abordagem dentro do universo escolar no que diz respeito à educação antirracista.

> "O estrago que o racismo provoca na criança não tem André Luiz, Orixá, Jesus Cristo, Bezerra de Menezes, não tem ninguém que vai mudar essa lógica, porque são situações sutis, mas extremamente eficazes para deformar a gente para o resto da vida" (Brito, 2019).

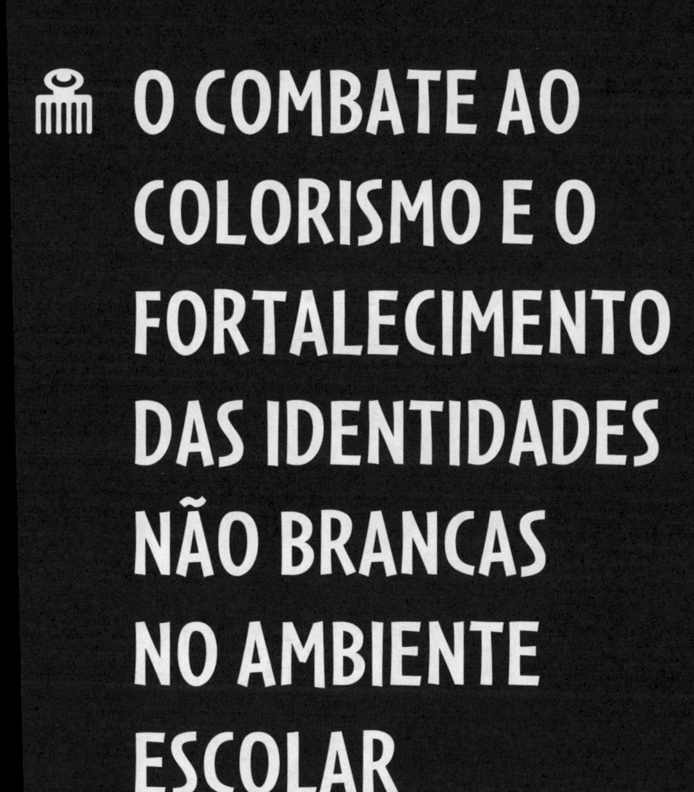

10

O COMBATE AO COLORISMO E O FORTALECIMENTO DAS IDENTIDADES NÃO BRANCAS NO AMBIENTE ESCOLAR

Tem pele preta, que é mais parda
Tem pele parda, que é mais clara
Tem pele preta, que é só preta
Tem pele clara, apenas clara

[...]

Tem pele indígena amarelada
Tem pele indígena avermelhada
Pele amarela, que é asiática
E tem todas elas, miscigenadas

QUAL É A COR DA SUA PELE?
Allan Pevirguladez
(MPBIA, 2023)

Durante a aplicação de uma prova do Saeb[10] em uma das escolas em que trabalho, um aluno do 9º ano do segundo segmento do Ensino Fundamental me chamou para que eu o ajudasse a preencher o campo da sua avaliação em que precisava informar a sua cor/raça: se era preta, branca, parda, amarela ou indígena. Eu, prontamente, devolvi-lhe a questão, perguntando-lhe qual era a sua cor, a fim de entender que tipo de leitura o referido estudante fazia sobre si.

De forma um tanto quanto envergonhada, ele me disse que não sabia o que colocar, pois não se via como branco, nem como indígena, nem como preto. Indaguei se ele não seria pardo, mas sem pestanejar ele disse que pardo é cor de papelão. Somente após eu fazer um breve relato sobre a origem do pardo no Brasil (Nicoceli, 2024) é que ele se convenceu de que essa era a opção mais acertada para assinalar na avaliação.

Esse episódio relatado anteriormente, que mostra a insegurança e o desconhecimento desse aluno na hora de fazer a autodeclaração, reflete um pouco das consequências deixadas pelo racismo à brasileira, que, depois da abolição até meados do século XX, buscou, de forma incessante, promover um processo de branqueamento na sua população. Esse processo ocorreu por incentivos à miscigenação, e seu principal objetivo seria, após algumas gerações, aniquilar totalmente a existência da população preta

10. Sistema de Avaliação da Educação Básica (Saeb) é um conjunto de avaliações externas em larga escala que permite ao Inep realizar um diagnóstico da Educação Básica brasileira e de fatores que podem interferir no desempenho do estudante.

do país, de modo que no Brasil restasse uma raça pura apenas, a caucasiana.

Olhando daqui do ano de 2024, posso afirmar com exatidão que esse projeto eugenista (Ferreira, 2017) não vingou, porém gerou a maior população racial do país atualmente – que não é a branca, mas sim a parda. Essa é a classificação utilizada pelo Instituto Brasileiro de Geografia e Estatística (IBGE) para a mestiçagem brasileira. Ela faz que estudiosos e cientistas se debrucem em pesquisas e estudos para confirmar as suspeitas de que o Brasil é, provavelmente, o país mais miscigenado do mundo.

Embora possa não parecer, esse fato afetou demais a construção e a consolidação de uma identidade negra potente no Brasil tal qual é nos Estados Unidos. Afinal, o pardo brasileiro sempre teve dificuldades na hora de se alinhar a um grupo étnico ou a uma causa, pois, se, de um lado, ele era rechaçado pelos brancos por não ser puramente alvo, por outro lado, também não era acolhido totalmente pelos negros pelo fato de não ser tão retinto e também por ser mais "tolerado" pelos brancos.

Essa dupla discriminação acabou por fazê-lo, muitas vezes, não se engajar em massa nas lutas que o Movimento Negro travou no país na busca por direitos e equidade. Somente com as conquistas obtidas pelo Movimento nas últimas décadas é que a noção de pertencimento do pardo à história e à cultura negra foi se fortificando e ganhando relevância, tanto para o grupo mais retinto quanto para o grupo mais claro, fazendo com que surgisse um maior senso de solidariedade entre esses pares. Contudo, ainda falta muito para chegarmos a uma coalizão mais poderosa, já que as variantes do racismo ainda atuam fortemente na busca por desestabilizar e impedir a união desses grupos.

Um desses tentáculos perversos que o racismo desenvolveu no século XX é o colorismo, que é esse preconceito que subjuga pessoas pretas. Ele oferece uma certa tolerância às pessoas negras de pele clara em detrimento às pessoas negras de pele escura, que continuam sendo excluídas e relegadas em ambientes de maior prestígio social – os chamados espaços de poder, que são majoritariamente brancos.

Posto isso, torna-se fundamental que um educador branco que trabalhe sob a perspectiva do antirracismo tenha extremo cuidado para não tratar com diferença os seus alunos dentro desse gradiente da negritude. Ele não pode ser mais afetuoso com o aluno negro de pele clara e indiferente com o aluno negro de pele mais retinta, por exemplo. Isso criará abismos dentro da sala de aula e afetará sensivelmente o rendimento escolar do aluno negro retinto, pois entenderá que o outro é mais valorizado que ele.

O educador que visa ser antirracista também não pode permitir, sob nenhuma hipótese, que alunos negros de pele clara reproduzam discursos racistas para diminuir um colega negro de pele escura. E vice-versa. É sensível educar ambos para que percebam que somente com a união dos dois lados a comunidade negra sairá vitoriosa dessa batalha contra o colorismo e o racismo.

Uma reflexão muito pertinente que pode ser levada pelo educador a seus alunos negros de pele clara é a seguinte: os supostos acessos que ele possa vir a receber da branquitude durante seu trajeto de vida serão mais bem redimensionados se ele, sempre que possível, abrir espaços para outros irmãos de sua comunidade, principalmente os mais retintos, que são os que mais sofrem com a falta de oportunidades no mercado de trabalho.

Essa construção de identidade baseada na coletividade precisa ser cultivada desde a primeira infância, na Educação Infantil, de modo que as crianças entendam desde cedo que a representação racial de nosso país se deu a partir de uma mistura de raças com variados tons de pele, portanto, não existe um padrão ou hegemonia. Aquela atividade de desenhar e colorir uma pessoa é uma ótima situação a ser trabalhada nesse sentido, pois fará com que a criança aprenda que não existe somente um lápis "cor de pele" para representar a característica daquela pessoa, mas sim vários lápis. O uso de bonecas e bonecos de pano das mais variadas tonalidades para uma contação de histórias também é um excelente instrumento pedagógico para reforçar a beleza e o valor em todos.

Tratar, de todas as maneiras, dessa chaga do espaço escolar deve ser a tarefa primordial de todos os que fazem parte da instituição de ensino. Com o colorismo não pode ser diferente. Não podemos permitir que mais divisões como essa – na qual os negros de pele mais clara estão de um lado e os negros de pele retinta estão do outro lado – sejam feitas, pois, assim, quem sai perdendo é a comunidade negra num todo.

Fale sobre colorismo de forma natural com seus alunos. Mostre-lhes que os processos que levaram o Brasil a constituir-se, provavelmente, como nação mais miscigenada do planeta não foram feitos por questões afetivas, mas sim por um desejo perverso de extinguir uma única raça. Ressalte que, no fim, esse processo acabou ocasionando o surgimento do pardo, esse grupo visto como intermediário entre o branco e o negro, que sofre para construir a sua identidade e sua noção de pertencimento. Esse grupo também está, estatisticamente, no mesmo campo da falta de oportunidades e vítimas de violências ao qual a população preta é submetida. Ser pardo no Brasil, no fim das contas, não representa nenhuma vantagem, apenas cria uma dificuldade maior de união na luta antirracista deste país.

Em linhas gerais, o educador que busca ser antirracista precisa transmitir a seguinte mensagem final a seu aluno: seja ele preto, pardo, indígena, branco ou amarelo, todos precisam se engajar coletivamente na luta antirracista, de modo que, somente com a erradicação do racismo de nossa sociedade, a vivência individual das pessoas será potencializada ao máximo, de forma positiva, equânime e saudável.

"Não é possível passar por um processo de empoderamento produtivo se não nos reconhecermos e nos encontrarmos em nossa própria pele" (Berth, 2020, p. 120).

11

RACISMO NA ESCOLA PRIVADA: COMO O CASO DA FILHA DA ATRIZ SAMARA FELIPPO SUSCITOU O DEBATE POR MEDIDAS ANTIRRACISTAS MAIS RÍGIDAS NAS ESCOLAS

Nada nesse mundo
me dá o direito
De com o coleguinha
lhe faltar com respeito

[...]

Eu não posso xingá-lo
Não devo agredi-lo
Racismo é um mal
Que precisa ser vencido

NADA NESSE MUNDO ME DÁ O DIREITO
Allan Pevirguladez
(MPBIA, 2023)

Pouca diversidade em seu quadro de professores, atividades antirracistas apenas em momentos pontuais, nenhuma preocupação com a inserção de alunos negros e pardos em suas turmas... enfim, esse era o cenário vigente quando nos debruçamos para compreender o caso de racismo praticado por duas adolescentes de 14 anos contra a filha mais velha da atriz Samara Felippo, em abril (Acayaba, 2024). Rasgar o caderno da vítima e devolvê-lo ao setor de achados e perdidos da escola com uma das folhas contendo uma frase racista extremamente violenta é um ato de quem nunca teve uma aula permeada pelo letramento racial.

Pensei que fosse me deparar com um lugar-comum da maioria das escolas privadas brasileiras em termos de aplicação da Lei n. 10.639/2003. No entanto, apesar de perceber que esse movimento antirracista é recente na escola, considerei que há um dever de casa bem-feito em relação a sua construção como uma escola antirracista, o que me leva a divagar sobre outras considerações a respeito desse acontecimento.

A violência racista que chocou o Brasil em abril de 2024 escancarara o abismo existente entre a construção de uma escola antirracista e sua eficácia em erradicar a questão de seu convívio.

Embora o antirracismo na tradicional escola da zona oeste de São Paulo não seja *fake*, mas sim uma construção apoiada por grandes intelectuais do movimento negro, nada disso a isenta de vivenciar essas violências em seu ambiente. É um ledo engano que pode ser explicado da seguinte maneira: o racismo não dorme, nem dá um segundo de descanso. Também não dialoga com a paz, nem dá brecha para o sossego.

Em outras palavras, não basta que uma instituição de ensino implemente um protocolo antirracista, nem que os pais se afirmem como progressistas, nem que, ano após ano, o percentual de alunos negros aumente (7% é o último percentual informado pela Vera Cruz) (Bimbati; Durães, 2024). Em uma escola de predominância branca, qualquer cochilo pode ser fatal. Se todos ali, por algum momento, acharem que o dever já foi cumprido e que os casos de racismo foram extintos daquele lugar, com certeza serão engolidos pelo racismo estrutural no primeiro piscar de olhos que derem.

Seria simples se pudéssemos *resetar* toda a população mundial e reconstruí-la sob uma perspectiva de educação antirracista. Contudo, isso não é possível. Infelizmente, precisamos fazer esse processo correndo riscos e com a vida em movimento.

Durante muito tempo, a onipresença do racismo na sociedade nunca foi motivo de incômodo para a branquitude, já que ele sempre esteve protegido pelo mito da democracia racial. Isso fazia que seu discurso de ódio, emanado pelo racismo recreativo e religioso, mantivesse cada um em seu "devido lugar": os brancos com o privilégio de comandar, e os pretos e os indígenas com a incumbência de servir. Em suma, o racismo assumia contornos de cultura popular e ninguém conseguia nomeá-lo de maneira direta, demonstrando o quão destrutivo era para a comunidade negra e indígena. Agora não! Com a transformação da sociedade e a maior presença de pessoas pretas e indígenas em espaços de poder, seu pacto de silêncio enfim começa a ser quebrado e todas as suas facetas começam a ser desnudadas, passando a fazer parte do dia a dia do povo brasileiro. Isso facilita uma maior cobrança por medidas, por ações afirmativas, por aplicação e endurecimento das leis, a fim de punir aqueles que cometerem algum ato racista em nosso meio.

A presença da diversidade em um lugar dominado há tempos pela branquitude é um cenário recente para as escolas de elite, e isso requer destreza para criar uma harmonia entre todos, pois vai gerar desconforto naqueles que sempre foram soberanos naquele recinto. Portanto, inserir os alunos negros e indígenas em suas turmas é uma ação importante, mas garantir seus direitos e protegê-los das opressões sociais é ainda mais necessário.

Transferir, expulsar ou apenas suspender – o que fazer com o agressor?

Os anos da pandemia de covid-19 ocasionaram um imenso retrocesso na formação dos estudantes brasileiros. Tal reclusão forçada em casa permitiu uma propagação maior de discursos de ódio nas redes sociais direcionado às minorias, assim como reverberou uma escalada da violência na volta dos alunos às escolas. Também gerou a perseguição a professores com abordagens sociais em suas aulas.

É importante ressaltar que o racismo sofrido pela filha de Samara Felippo ganhou grande repercussão na mídia por conta da visibilidade que a atriz possui, mas também pelo fato de ser uma mãe branca expondo uma violência sofrida pela filha negra. Em geral, famílias pretas que têm seus filhos atravessados pelo racismo não recebem o mesmo acolhimento como está sendo feito com a referida adolescente. Há uma invisibilidade, uma naturalização do caso, como se fosse apenas mais um entre tantos outros. Tal fato acaba por prejudicar o debate sobre o tema e o avanço na busca por soluções mais eficazes.

A resposta da escola ante o ato racista praticado pelas alunas foi de suspendê-las temporariamente e impedi-las de realizar um passeio com o colégio. Porém, tal "punição" acabou meio que não se concretizando, visto que as famílias das agressoras retiraram as meninas da escola antes que mais turbulências ocorressem.

A insatisfação com a resposta dada e a exigência da atriz em expulsar as alunas suscitaram um debate sobre quais medidas devem ser adotadas pelas escolas em casos de racismo entre alunos.

Alguns especialistas consideram não pedagógico a expulsão de um aluno que comete um ato racista. No entanto, é preciso observar que a juventude negra, majoritariamente periférica, a todo momento, está sendo expulsa da escola por inúmeras razões. Seja por falta de vaga nas creches municipais, seja por inexistência de estrutura familiar, seja pelo trabalho infantil, seja pela realização de operações policiais nas comunidades, seja pela distância de sua residência até a escola mais próxima, seja pelo racismo sofrido e não validado pela instituição escolar, enfim, há muitos fatores que excluem os alunos negros desde sempre, e nada é feito para resolver esse problema.

Optar por expulsar um aluno que cometeu um ato racista no ambiente escolar é uma medida tida como punitivista, porém se faz necessária em alguns momentos, tendo em vista que não podemos revitimizar quem sofreu agressão, fazendo-o conviver no mesmo local que seu agressor.

Essa atitude pode atestar uma falha da escola, da família e do governo no combate ao racismo? Sim. Mas vai confirmar a responsabilidade de todos no processo de desconstrução dessa estrutura perversa, que impede nossa evolução como civilização.

A branquitude brasileira precisa compreender que ela também terá de sofrer um pouco se quiser evoluir e aprender com seus erros (os do passado e os do presente). Logo, a escola ser passível de ser multada, os pais de serem responsabilizados e os filhos de serem transferidos ou expulsos, tudo isso não se assemelha nem de longe ao trauma provocado pelo racismo cometido ao longo do tempo por seus pares. São apenas aplicações mais condizentes da lei que tipifica o crime de racismo, mas, principalmente, uma forma de educar as futuras gerações para entenderem que determinados comportamentos não são mais aceitos pela sociedade.

Por mais que as adolescentes estejam em formação de maturidade, não estamos lidando com um ato cometido por crianças de cinco ou seis anos de idade. Há um mínimo de discernimento nelas para preverem a consequência de seus atos. Desse modo, faz-se evidente (e urgente) uma sanção à altura.

"Criança negra sofre racismo
todo dia na escola"
(MC Soffia, 2016).

12

SUGESTÕES, AÇÕES E INICIATIVAS PARA QUEM QUER SE TORNAR UM EDUCADOR ANTIRRACISTA NA PRÁTICA

Zumbi dos Palmares foi nosso herói
Foi um grande guerreiro que lutou por nós
Tia Ciata foi uma rainha
Bamba do samba, chefe de cozinha
Ele foi fera com a bola no pé
Eu tô falando é do rei Pelé
E pra fechar, não pode faltar
Dandara valente, tem que respeitar

GRANDES NEGROS DO NOSSO BRASIL
Allan Pevirguladez
(MPBIA, 2023)

Não há nenhuma ciência exata para ser um educador antirracista. Cada docente, a partir de seu olhar, de sua pesquisa e de sua vivência pode construir uma nova metodologia de ensino que contribua grandemente para a causa. Com base nesse raciocínio, posso dizer que o melhor caminho para esse fim é a busca constante por adquirir cada vez mais conhecimentos e experiências do assunto.

No entanto, ao longo de muitos anos, a vivência diária como uma pessoa negra e a prática como educador possibilitaram-me leituras, ideias e ensinamentos que compartilharei aqui como contribuição para esse movimento tão imprescindível que é a educação antirracista. Vamos lá!

- Descolonize seu pensamento e o olhar eurocêntrico com o qual nossa sociedade sempre pautou como padrão para o ensino. Busque trazer na sua prática docente a contribuição dos povos originários e africanos a fim de conferir uma veracidade maior aos conteúdos estudados.
- Não minimize nenhuma manifestação de incômodo ou queixa que um aluno negro ou indígena lhe fizer. O acolhimento é fundamental na redução dos danos causados por um ato racista.
- Converse e oriente seu aluno sobre como agir em casos de racismo, seja no ambiente escolar, seja fora dele.
- Proponha atividades com diversidade étnica, mostrando para seu aluno a riqueza de competências que os povos africanos e indígenas oferecem como conhecimento e prática a partir de suas respectivas culturas.
- Não hesite nem tenha receio em apontar uma situação racista ocorrida em sala de aula. Faça desse ocorrido um momento de reflexão com a turma, elencando a gravidade

do ato e demonstrando o quanto é importante que ele não ocorra nunca mais, seja na escola, seja em qualquer outro lugar em que o aluno esteja.

- Toda disciplina pode ser trabalhada sob uma perspectiva antirracista. Se no ensino de História, de Língua Portuguesa e de Literatura há uma abundância de instrumentos pedagógicos e nomes importantes que podem ser estudados, podemos dizer que as outras disciplinas também apresentam as suas possibilidades e podem ser ensinadas sob uma perspectiva antirracista, como é o caso do uso do Mancala[11] para aprender sob a ótica da Etnomatemática (Feitosa, [s.d.]) ou do estudo do baobá, que pode servir como conteúdo para aulas de Geografia, de Ciências e de História.
- Procure alinhar, com a comunidade escolar, a temática da educação antirracista dentro do Projeto Político-Pedagógico da escola, buscando sempre trabalhá-lo de acordo com o contexto da unidade escolar e seu entorno.
- Mostre para seu aluno que pessoas negras foram muito importantes para a construção da intelectualidade deste país. Nomes como Milton Santos, Machado de Assis, Conceição Evaristo, Luís Gama, Abdias do Nascimento e Carolina Maria de Jesus, Mercedes Baptista, Juliano Moreira, entre outros, contribuíram enormemente em vários setores da nossa sociedade, fortalecendo novas ciências, reflexões, valores e ensinamentos para a vida.
- Valorize também os saberes e os conteúdos que não são acadêmicos na sua prática de ensino. Explore as

---

11. Jogo tradicional de origem africana que consiste em semear e colher sementes no tabuleiro.

manifestações populares negras e indígenas. Elabore atividades que utilizem o *funk*, o jongo, o cateretê, a capoeira, o maracatu, a dança do toré e o samba como propostas que enriqueçam sua aula e o repertório de mundo de seu aluno.

- Mostre para seu educando, por meio de exemplos, debates ou perguntas, que uma atitude racista é grave e não merece nenhum tipo de aprovação por parte de ninguém da nossa sociedade. Evidencie que esse tipo de atitude é considerado crime passível de punição perante a Lei.
- Trabalhe os conceitos de educação antirracista ao longo do ano letivo, sem viés folclórico e não apenas nos meses de maio e novembro. Deixe claro para seu discente a importância desse tema na sua formação.
- Respeite a faixa etária de seu aluno. Não aprofunde todas as problemáticas que o racismo envolve, apresente-as de acordo com seu ciclo educacional. Escureça que vivemos em um país com uma vasta diversidade étnica, que "não somos todos iguais", e que, durante muito tempo, determinado grupo racial foi mais privilegiado que outro em nossa sociedade.
- Não se comunique com seu aluno utilizando termos como "moreninha", "mulatinha", "neguinho", "indiozinho" ou qualquer outra expressão que faça alusão a sua cor/raça. Socialize sua comunicação com ele sempre que possível por seu nome de identificação, a fim de demonstrar respeito e apreço a sua individualidade.
- Diversifique o protagonismo racial nas atividades propostas em grupo. Faça que o aluno branco entenda que, em muitas narrativas, ele não pode ou não deve ser o

único com estima social exercendo o protagonismo daquela história.

- Não deixe o racismo religioso ter vez no ambiente escolar. Escureça sempre para os alunos que vivemos em um Estado laico e que é de suma importância respeitar a crença do outro.
- Racismo reverso, "mi-mi-mi" e vitimização são tecnologias discursivas recentes na fala de uma parcela da população. Esses termos fazem parte da evolução do racismo em nossa sociedade e representam um raciocínio que não leva em consideração a herança escravocrata que fundamentou a sociedade brasileira desde a chegada dos portugueses por estas terras. Configuram, assim, um desserviço na luta por uma sociedade antirracista. É um mecanismo de oratória que deve ser repelido do universo e do cotidiano escolar.
- Como educador que almeja o antirracismo em sua prática, não reproduza discurso ou ideias racistas, nem em sua rotina, nem na escola. Termos depreciativos como "índio", "cabelo duro", "denegrir", "*nhaca*" ou expressões como "preto de alma branca", "inveja branca", "a coisa tá preta", "samba do crioulo doido", "da cor do pecado", entre outras, não podem fazer parte do vocabulário de um educador que se diz antirracista. Embora nossa construção social anterior nos tenha levado a proferir tais ideias, é urgente que as deixemos no passado.
- Pontue ao gestor de sua unidade escolar a necessidade de haver material literário afrocentrado e indígena atualizado. É fundamental que alunos e professores tenham acesso a esse tipo de conteúdo para produzir atividades e enriquecer o conhecimento sobre o tema.

- Assuma o compromisso público, político, moral e irrefutável de combater o racismo em todas as suas instâncias. Independentemente de qualquer questão, não se omita nunca.
- Procure, sempre que estiver presente nas reuniões de responsáveis, abordar as questões das Leis n. 10.639 e 11.645, elencando situações que possam promover uma educação antirracista também aos familiares, orientando-os para que não propaguem o racismo em seus lares, nem incutam tais pensamentos na mente de seus filhos.
- Não proponha atividades antirracistas somente com viés de avaliação e correção. Busque, com o aluno, uma abordagem que seja educativa, reflexiva e natural ao processo de aprendizagem, sem caráter de dar nota ou avaliar criticamente, fazendo que o conteúdo antirracista não seja ensinado de maneira forçada para o estudante.
- Nunca, em nenhum momento, de forma alguma, em hipótese nenhuma – e por mais profundidade que você possa ter tido em seus estudos e nos conhecimentos adquiridos do que é ser um educador antirracista –, pense ou ache que você, educador antirracista, já está livre ou isento de manifestar algum comportamento ou atitude racista. O racismo está enraizado em nossa sociedade e pode ser proferido por qualquer um de nós. Ele não acaba se você parar de falar dele; ao contrário, somente o combate sistêmico pode fazer o racismo não ter vez em nosso meio, portanto, tenha em mente que, a qualquer descuido, você pode ser um agente do racismo. Cuidado! Fique atento sempre!

"Amelinha Teles, memorável feminista brasileira, em seu livro *Breve história do feminismo no Brasil*, afirma que ser feminista é assumir uma postura incômoda. Eu diria que ser antirracista também. É estar sempre atento às nossas próprias atitudes e disposto a enxergar privilégios. Isso significa muitas vezes ser taxado de 'o chato', 'aquele que não vira o disco'" (Ribeiro, 2019, p. 39).

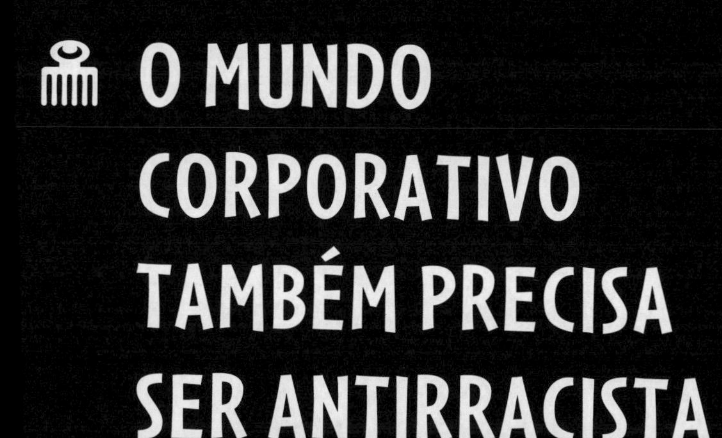

13

O MUNDO CORPORATIVO TAMBÉM PRECISA SER ANTIRRACISTA

É música popular
E não tá de brincadeira
É antirracista e também é brasileira
Música infantil, feita pras crianças
Mas qualquer adulto pode entrar na dança

MPBIA
Allan Pevirguladez
(MPBIA, 2023)

Tendo em vista o seu propósito inicial, este manual se daria por finalizado no capítulo anterior. No entanto, a construção de uma sociedade antirracista se dá com a participação e o letramento racial de todos, logo, é preciso que essa discussão alcance outros setores que também impactam na vida e na possibilidade de ascensão de pessoas negras e indígenas neste país. Diante disso, entendi que precisava amplificar as reflexões e ideias deste manual, não focando apenas nos educadores e responsáveis da comunidade escolar, mas também em um público que anseia por combater de maneira significativa o racismo estrutural que há em nosso país: o empresarial.

Desde que me tornei viral nas redes sociais, tive a oportunidade de mostrar a minha pedagogia antirracista para outros setores da sociedade. Contudo, o mundo empresarial foi o que mais contratou o meu serviço, muito em face ao impacto que a minha forma de educação antirracista causou na sociedade, ou seja, embora possua uma narrativa voltada para o público infantil, a música feita pela MPBIA também serve como instrumento de letramento racial para os adultos, e dentre eles os que fazem parte do mundo empresarial. Dessa maneira, apresento, a seguir, dados, questões e desdobramentos para que uma empresa se torne inclusiva e antirracista.

Antirracismo no mercado de trabalho

A branquitude privilegiada do Brasil precisa admitir que o conceito de meritocracia, no país, se concebe como um grande aliado do racismo estrutural. É uma armadilha que "ilude" aqueles que não levam em consideração os fatores históricos que criaram um abismo descomunal entre os grupos étnicos neste solo.

Compreender que negros e indígenas tiveram seus direitos básicos ceifados durante os quase quatrocentos anos de escravidão, e que isso os colocou em condições desfavoráveis em termos de desenvolvimento social, ocasionando uma dificuldade de acesso a oportunidades das gerações seguintes, é fechar os olhos e não assumir a responsabilidade de seu grupo racial nesse processo.

Em suma, isso quer dizer o seguinte: nem todos os que fazem parte da população brasileira estão em pé de igualdade e condições para competir com as oportunidades que o mercado de trabalho oferece. A fantasiosa narrativa de que aqui havia uma "democracia racial" mascarou o racismo brasileiro e atrasou ainda mais a evolução do negro no Brasil.

Uma pesquisa do Instituto Ethos (2010), realizada com as quinhentas empresas de maior faturamento do Brasil, indica que, embora sejam 57% nas funções de aprendizes e *trainees*, apenas 4,7% dos cargos executivos são ocupados por profissionais negros, sendo meramente 0,5% o percentual de mulheres negras nesses cargos.

Já a plataforma ID_BR informa, em outra pesquisa, que o Brasil somente alcançará a equidade racial no mercado de trabalho daqui a 166 anos, ou seja, apenas em 2190 pessoas negras e indígenas conquistarão, na mesma proporção, os espaços de poder ocupados por pessoas brancas (Capirazi, 2023). É urgente mudar esse cenário. Não cabe mais tamanha desigualdade de oportunidades neste país. Fazer a economia girar para todos ajuda a criar um ambiente mais saudável e harmônico nas relações interpessoais, assim como reduz os índices de pobreza, violência, moradia, saúde e insegurança alimentar.

O sucesso financeiro e o bem-estar de uma empresa "antenada" com as necessidades do século XXI passam pela internalização da educação antirracista como pilar estratégico e social. A organização que não incorporar esses preceitos e continuar *performando* suas atividades apenas com base na meritocracia ao contratar seus funcionários estará correndo sérios riscos de sobrevivência, pois, se seu quadro de lideranças, funcionários e colaboradores não representar de forma mais equânime o que de fato é a sociedade brasileira, consequentemente seu alcance estará fragilizado.

Isso porque seus produtos não vão dialogar com todos os públicos, o que delimitará seu desempenho, escancarando seu pouco-caso com a inserção, a progressão e a representação de pessoas pertencentes a grupos historicamente excluídos pelo mundo corporativo simplesmente pelo fato de serem negros, LGBTQIAPN+[12] ou pessoas com deficiência (PCDs)[13].

A sociedade de consumo dos dias atuais não busca apenas um produto de qualidade ou alta *performance*. Ela procura conexão, valores e outros significados que se alinhem com sua existência e com sua forma de entender o mundo. Nessa perspectiva, questões como inclusão, apreço às diferenças e representatividade precisam estar

---

12. Sigla que abrange pessoas lésbicas, *gays*, bissexuais, transexuais, *queer*/questionando, intersexo, assexuais/arromânticas/agênero, pan/poli, não binárias e mais.
13. PCD é uma sigla que significa "pessoa com deficiência". Essa abreviação foi estabelecida pela Convenção sobre os Direitos da Pessoa com Deficiência das Nações Unidas (ONU) e é utilizada desde 2006, substituindo termos como "pessoa deficiente", "deficiente" ou "inválido", que não devem mais ser usados. (Terra, 2023).

explícitas ou implícitas no material a ser adquirido. Muitas marcas acabam sendo forçadamente reposicionadas no mercado por causa de polêmicas em torno de alguma de suas campanhas publicitárias, que erroneamente propagaram uma mensagem violenta ou preconceituosa a algum grupo tido como minoria.

Não podemos esperar que outro homem negro como George Floyd[14] seja assassinado em alguma via pública ou em um estabelecimento comercial por um agente do Estado ou segurança terceirizada para nos comovermos e buscarmos as mudanças definitivas que o mundo corporativo necessita.

É vital que as empresas nacionais e multinacionais rompam definitivamente com a passividade e deem vez e voz àqueles que compõem a maioria da população brasileira. Que se faça um *reset* no inconsciente dos que comandam as instituições no mundo corporativo, de forma que se desconstruam práticas, discursos e movimentos impregnados de racismo, machismo, capacitismo ou homofobia; e que de verdade ajam para elevar em seus quadros o percentual de negros, mulheres, PCDs e indígenas nos cargos de liderança, ressignificando uma nova perspectiva no universo dos negócios.

Podemos e devemos mudar o futuro das próximas gerações. Para isso, basta que cada empresa faça sua parte, promovendo de maneira legítima e fluida maior inclusão

---

14. George Perry Floyd (1973-2020) foi assassinado pelo policial branco Derek Chauvin durante uma abordagem, por supostamente usar uma nota falsificada de vinte dólares em um supermercado. Sua morte foi o estopim para protestos nos Estados Unidos e em outros países.

e diversidade em todos os setores de seu quadro de funcionários. Isso possibilitará que toda a sociedade seja beneficiada, reduzindo, com efeito, as desigualdades e as violências que tanto assolam nossa nação.

Ideias e ações antirracistas para o mundo corporativo

- Como CEO ou funcionário em posição de alta liderança de uma grande corporação, seja um dos primeiros a se envolver e a aprender sobre o tema, de maneira que, depois de familiarizado, você esteja engajado o suficiente para inserir e fomentar o assunto com os demais pares e setores da empresa.
- Contrate especialistas para ajudar na implementação de programas de diversidade e inclusão.
- Crie um comitê ou grupo de diversidade e inclusão dentro da empresa para demandar as propostas e as ações a serem empreendidas.
- Realize constantemente ações afirmativas como treinamentos, rodas de conversa e *workshops* em sua organização, de modo que sejam valorizadas a diversidade e a inclusão no ambiente de trabalho.
- Promova talentos negros, indígenas, PCDs e LGBTQIAPN+ em sua organização e acelere a ascensão destes mesmos dentro da empresa.
- Trabalhe na promoção e na manutenção da educação antirracista na sua empresa de forma responsável e consciente – e não como uma mera onda que em breve não será mais necessária.

- Estabeleça relações comerciais em sua empresa com fornecedores negros, visto que esse grupo é o que mais empreende no país, porém possui um faturamento menor que os outros.
- Na hora de contratar com um olhar de diversidade, busque ampliar seu campo de procura. Não se apegue apenas às universidades tradicionais, com um perfil-padrão. Um futuro profissional talentoso para sua empresa pode estar "escondido" em uma instituição de menor prestígio.
- Aproveite os talentos negros em outras funções da empresa que não sejam somente aquelas destinadas à Diversidade & Inclusão (D&I).
- Não fundamente nem projete o trabalho de diversidade e inclusão de sua empresa com perspectivas de retorno financeiro a curto prazo. É no médio e no longo prazo que os efeitos desse trabalho trarão resultados.
- Contrate de forma inclusiva mesmo quando a vaga destinada não tenha recorte racial especificado.
- Tenha humildade para aceitar que você precisa ouvir e aprender mais do que falar e ensinar quando o assunto se tratar de diversidade e inclusão. Entenda que você terá de *resetar* informações e conhecimentos adquiridos ao longo de sua vida, uma vez que eles foram incutidos em sua formação com base em uma perspectiva de mundo patriarcal, racista, *lgbtfóbica* e capacitista.

"Diversidade é convidar para a festa, inclusão é tirar para dançar" (Myers, 2024).

Referências (e outras leituras)

ACAYABA, Cíntia. Filha da atriz Samara Felippo é alvo de racismo em escola de alto padrão em SP; alunas escreveram ofensa em caderno. *G1*, [*on-line*], 27 abr. 2024. Disponível em: https://g1. globo.com/sp/sao-paulo/noticia/2024/04/27/filha-da-atriz-samara-felippo-e-alvo-de-racismo-em-escola-de-alto-padrao-em-sp-alunas-escreveram-ofensa-em-caderno.ghtml. Acesso em: 6 jul. 2024.

ADICHIE, Chimamanda Ngozi. *Para educar crianças feministas*: um manifesto. São Paulo: Companhia das Letras, 2017.

ADICHIE, Chimamanda Ngozi. *O perigo de uma história única*. São Paulo: Companhia das Letras, 2018.

AKOTIRENE, Carla. *Interseccionalidade*. São Paulo: Sueli Carneiro; Jandaíra, 2022. (Coleção Femininos Plurais).

ALMEIDA, Sílvio. *Racismo estrutural*. São Paulo: Sueli Carneiro; Jandaíra, 2020. (Coleção Femininos Plurais).

BARBOSA, Mariane. Nove em cada dez turmas infantis não têm ensino de temas raciais, diz estudo. *Terra*, [*on-line*], 10 jan. 2024. Nós. Disponível em: https://www.terra.com.br/nos/nove-em-cada-dez-turmas-infantis-nao-tem-ensino-de-temas-raciais-diz-estudo,a40b67be03fc3de863daea94abaa71c4t39bvi60.html. Acesso em: 24 fev. 2024.

BENTO, Cida. *O pacto da branquitude*. São Paulo: Companhia das Letras, 2022.

BERTH, Joice. *Empoderamento*. São Paulo: Sueli Carneiro; Jandaíra, 2020. (Coleção Femininos Plurais).

BIMBATI, Ana Paula; DURÃES, Uesley. Caso da filha de Samara expõe abismo no combate ao racismo em escolas. *UOL*, [*on-line*], 30 abr. 2024. Educação. Disponível em: https://educacao.uol.com.br/noticias/2024/04/30/racismo-escola-expoe-abismo-teoria-pratica.htm. Acesso em: 6 jul. 2024.

BRASIL. *Lei n. 7.716, de 5 de janeiro de 1989*. Define os crimes resultantes de preconceito de raça ou de cor. Brasília, DF: Presidência da República, 1989. Disponível em: https://www. planalto.gov.br/ccivil_03/leis/l7716.htm. Acesso em: 11 jul. 2024.

BRASIL. *Lei n. 10.639, de 9 de janeiro de 2003*. Altera a Lei n. 9.394, de 20 de dezembro de 1996, que estabelece as diretrizes e bases da educação nacional, para incluir no currículo oficial da Rede de Ensino a obrigatoriedade da temática "História e Cultura Afro-Brasileira", e dá outras providências. Brasília, DF: Presidência da República, 2003. Disponível em: https://www.planalto.gov.br/ccivil_03/Leis/2003/L10.639.htm. Acesso em: 12 jul. 2024.

BRASIL. *Lei n. 11.645, de 10 março de 2008*. Altera a Lei n. 9.394, de 20 de dezembro de 1996, modificada pela Lei n. 10.639, de 9 de janeiro de 2003, que estabelece as diretrizes e bases da educação nacional, para incluir no currículo oficial da rede de ensino a obrigatoriedade da temática "História e Cultura Afro-Brasileira e Indígena". Brasília, DF: Presidência da República, 2008. Disponível em: https://www.planalto.gov.br/ccivil_03/_ato2007-2010/2008/lei/l11645.htm. Acesso em: 11 jul. 2024.

BRITO, Benilda. O racismo é perigoso na educação das crianças. *Canal Preto*. YouTube, [*on-line*], 1 out. 2019. Disponível em: https://www.youtube.com/watch?v=KZGNu4NcWLs. Acesso em: 6 set. 2023.

CAPIRAZI, Beatriz. Igualdade racial no mercado de trabalho será alcançada somente daqui a 167 anos, diz estudo. *Estadão*, [*on-line*], 5 out. 2023. Governança. Disponível em: https://www.estadao.com.br/economia/governanca/igualdade-racial-alcancada-daqui-167-anos/. Acesso em: 24 fev. 2024.

CARINE, Bárbara. *Como ser um educador antirracista*. São Paulo: Planeta, 2023.

CASCO, Patricio. Plano de aula: Danças do Brasil: danças de matriz africana. *Nova Escola*, [*on-line*], s. d. Disponível em: https:// novaescola.org.br/planos-de-aula/fundamental/5ano/educacao-fisica/dancas-do-brasil-dancas-de-matriz-africana/6545. Acesso em: 6 set. 2023.

CAVALLEIRO, Eliane dos Santos. *Racismo e antirracismo na educação*: repensando nossa escola. São Paulo: Selo Negro, 2001.

COCCETRONE, Gabriel. Precisando mudar imagem, La Liga investe em política contra o racismo. *UOL*, [*on-line*], 15 ago. 2023. Esporte. Disponível em: https://www.uol.com.br/esporte/colunas/lei-em-campo/2023/08/15/precisando-mudar-imagem-la-liga-investe-em-politica-contra-o-racismo.htm. Acesso em: 24 fev. 2024.

COSTA, Flávio. "Criança negra sofre racismo todo dia na escola", diz MC Soffia, 11. *UOL*, [*on-line*], 12 fev. 2016. Cotidiano. Disponível em: https://noticias.uol.com.br/cotidiano/ultimas-noticias/2016/02/12/crianca-negra-sofre-racismo-todo-dia-na-escola-diz-mc-soffia.html. Acesso em: 6 set. 2023.

DEVULSKY, Alessandra. *Colorismo*. São Paulo: Sueli Carneiro; Jandaíra, 2021. (Coleção Feminismos Plurais).

EVARISTO, Conceição. *Olhos d'água*. Rio de Janeiro: Pallas, 2016.

EMICIDA. *Amoras*. São Paulo: Companhia das Letrinhas, 2018.

FANON, Frantz. *Pele negra, máscaras brancas*. São Paulo: Ubu Editora, 2020.

FEITOSA, Ailton. A Etnomatemática e seus pressupostos históricos. *InfoEscola*, [*on-line*], s. d. Disponível em: https://www.infoescola.com/matematica/a-etnomatematica-e-seus-pressupostos-historicos/#google_vignette. Acesso em: 6 set. 2023.

FERNANDES, Cláudio; NEVES, Daniel. 20 de novembro – Dia da Consciência Negra. *Brasil Escola*, [*on-line*], s. d. Disponível em: https://brasilescola.uol.com.br/datas-comemorativas/dia-nacional-da-consciencia-negra.htm. Acesso em: 6 set. 2023.

FERREIRA, Tiago. O que foi o movimento de eugenia no Brasil: tão absurdo que é difícil acreditar. *Portal Geledés*, [*on-line*], 16 jul. 2017. Disponível em: https://www.geledes.org.br/eugenia-no-brasil-movimento-tao-absurdo-que-e-dificil- acreditar/. Acesso em: 24 fev. 2024.

GARCIA, Diego. Quase 70% da vítimas de trabalho infantil são pretas ou pardas, diz IBGE. *Folha de S.Paulo*, [*on-line*], 17 dez. 2020. Disponível em: https://www1.folha.uol.com.br/mercado/2020/12/quase-70-das-vitimas-de-trabalho-infantil-sao-pretas-ou-pardas-diz-ibge.shtml. Acesso em: 6 set. 2023.

GÉNOT, Luana. *Sim à igualdade racial*: raça e mercado de trabalho. Rio de Janeiro: Pallas, 2018.

GOMES, Nilma Lino. *O Movimento Negro Educador*: saberes construídos nas lutas por emancipação. Petrópolis: Vozes, 2017.

INSTITUTO ETHOS. *Perfil Social, Racial e de Gênero das 500 maiores empresas do Brasil e suas ações afirmativas*, 2010. Disponível em: https://www.ethos.org.br/cedoc/perfil-social-racial-e-de-genero-das-500-maiores-empresas-do-brasil-e-suas-acoes-afirmativas-pesquisa-2010/. Acesso em: 12 jul. 2024.

KRENAK, Ailton. *Ideias para adiar o fim do mundo*. São Paulo: Companhia das Letras, 2019.

KRENAK, Ailton. *A vida não é útil*. São Paulo: Companhia das Letras, 2020.

KRENAK, Ailton. *Futuro ancestral*. São Paulo: Companhia das Letras, 2022.

LOPES, Nei. *Partido-alto*: Samba de Bamba. Rio de Janeiro: Pallas, 2008.

LINS, Paulo. *Desde que o samba é samba*. São Paulo: Planeta, 2012.

MARTINS, Jomar. Pais devem pagar R$ 12 mil por crime de racismo na escola, decide TJ-RS. *Consultor Jurídico*, [*on-line*], 23 maio 2020. Disponível em: https://www.conjur.com.br/2020-mai-23/pais-pagar-12-mil-crime-racismo-escola/. Acesso em: 11 jul. 2024.

MOREIRA, Adilson. *Racismo recreativo*. São Paulo: Sueli Carneiro; Jandaíra, 2019. (Coleção Feminismo Plurais).

MPBIA. *Música Popular Brasileira Infantil Antirracista*. Volume 1. 17 nov. 2023. Disponível em: https://youtube.com/playlist?list=PLQYrFEHg9Tk9tCGpkhrmp8TTR8rWMpUYL&si=EqXTnT3EaUvrDjN._ Acesso em: 24 fev. 2024.

MUNANGA, Kabengele. *Superando o racismo na escola*. Brasília: Ministério da Educação, Secretaria de Educação Continuada, Alfabetização e Diversidade, 2005. Disponível em: http://portal.mec.gov.br/secad/arquivos/pdf/racismo_escola.pdf. Acesso em: 6 set. 2023.

MUNANGA, Kabengele. *Rediscutindo a mestiçagem no Brasil:* identidade nacional versus identidade negra. Belo Horizonte: Autêntica, 2020.

MUSEU da República (RJ) vai receber mais de 500 peças de religiões afro-brasileiras. *Brasil de Fato*, [*on-line*], 20 ago. 2020. Disponível em: https://www.brasildefatorj.com.br/2020/08/20/museu-da-republica-rj-vai-receber-mais-de-500-pecas-de-religioes-afro-brasileiras. Acesso em: 6 set. 2023.

MYERS, Vernã. *The vernã myers company*. Disponível em: https://www.vernamyers.com/. Acesso em: 27 jul. 2024.

NICOCELI, Artur. Entenda quais foram os significados de 'pardo' nos últimos 80 anos e como isso dificultou a identificação racial do Brasil. *G1*, [*on-line*], 9 jan. 2024. Economia. Disponível em: https://g1.globo.com/economia/noticia/2024/01/09/entenda-quais-foram-os-significados-de-pardo-nos-ultimos-80-anos-e-como-isso-dificultou-a-identificacao-racial-do-brasil.ghtml. Acesso em: 12 jul. 2024.

NOGUEIRA, Sidnei. *Intolerância religiosa*. São Paulo: Sueli Carneiro; Jandaíra, 2020a.

NOGUEIRA, Sidnei. O racismo religioso e sua força atemporal: o caso de Araçatuba. *Carta Capital*, [*on-line*], 26 ago. 2020b. Disponível em: https://www.cartacapital.com.br/opiniao/o-racismo-religioso-e-sua-forca-atemporal-o-caso-de-aracatuba/. Acesso em: 6 set. 2023.

NUNES, Caroline. Conheça a história da discriminação do cabelo crespo no Brasil. *Terra*, [*on-line*], 11 mar. 2022. Disponível em: https://www.terra.com.br/nos/conheca-a-historia-da-discriminacao-do-cabelo-crespo-no-brasil,dfe7e90a0626f754e0ddf0ff9afa0a9agrl7ikfs.html. Acesso em: 6 set. 2023.

OLIVEIRA, Kiusam de. *Com qual penteado eu vou?* São Paulo: Editora Melhoramentos, 2021.

PCD: o que significa e quem se enquadra. *Terra*, [*on-line*], 28 ago. 2023. Nós. Disponível em: https://www.terra.com.br/nos/pcd-o-que-significa-e-quem-se-enquadra,8757a445a54c5cd46cb4d5e02579e177dauonkwa.html. Acesso em: 11 jul. 2024.

PESTANA, Maurício. *A empresa antirracista*: como CEOs e altas lideranças estão agindo para incluir negros e negras nas grandes corporações. Rio de Janeiro: Agir, 2021.

PEVIRGULADEZ, Allan. *O meu cabelo é bem bonito*. Rio de Janeiro: Escrita Fina, 2023.

PINHEIRO, Bárbara. C. S. *Como ser um educador antirracista*. São Paulo: Planeta Brasil, 2023.

PINHONI, Marina; CROQUER, Gabriel. Censo 2022: Pela 1ª vez, Brasil se declara mais pardo que branco; populações preta e indígena também crescem. *G1*, [*on-line*], 22 dez. 2023. Economia. Disponível em: https://g1.globo.com/economia/censo/noticia/2023/ 12/22/censo-2022-cor-ou-raca.ghtml. Acesso em: 12 jul. 2024.

PNAD EDUCAÇÃO 2019: Mais da metade das pessoas de 25 anos ou mais não completaram o ensino médio. *Agência IBGE Notícias*, [*on-line*], 15 jul. 2020. Disponível em: https://agenciadenoticias.ibge.gov.br/agencia-sala-de-imprensa/2013-agencia-de-noticias/releases/28285-pnad-educacao-2019-mais-da-metade-das-pessoas-de-25-anos-ou-mais-nao-completaram-o-ensino-medio. Acesso em: 12 jul. 2024.

RACISMO: aluno dá esponja de aço como 'presente' a professora negra no DF. *Uol*, [*on-line*], 13 mar. 2023. Disponível em: https://noticias.uol.com.br/cotidiano/ultimas-noticias/2023/03/13/aluno-entrega-esponja-de-aco-como-presente-para-professora-negra-no-df.htm. Acesso em: 24 fev. 2024.

RAMOS, Matheus. Taxa de analfabetismo de crianças negras é maior que de crianças brancas no Brasil, aponta Unicef. *Notícia Preta*, [*on-line*], 10 out. 2023. Disponível em: https://noticia preta.com.br/taxa-de-analfabetismo-de-criancas-negras-e-maior-que-de-criancas-brancas-no-brasil-aponta-unicef/. Acesso em: 12 jul. 2024.

REIS, Maria Clareth Gonçalves. Origens e significados do termo raça. *Portal Geledés*, [*on-line*], 29 ago. 2011. Disponível em: https:/ /www.geledes.org.br/origens-e-significados-do-termo-raca/?amp=1&gad_source=1&gclid=Cj0KCQjw-_mvBhDwARIsAA-Q0Q7uieEYDpPKB1_KyZEO4GsZBWqs20DoHYTD1yp_8VOhVSq_fwcOfSYaAvR7EALw_wcB. Acesso em: 23 mar. 2024.

RIBEIRO, Bruna. Racismo e infância: as pesquisas sobre o tema e o debate científico. *Estadão*, [*on-line*], 13 maio 2021. Disponível em:

RIBEIRO, Djamila. *Pequeno Manual Antirracista*. São Paulo: Companhia das Letras, 2019.

RIBEIRO, Djamila. *Lugar de fala*. São Paulo: Jandaíra, 2021. https://www.estadao.com.br/emais/bruna-ribeiro/racismo-e-infancia-as-pesquisas-sobre-o-tema-e-o-debate-cientifico/. Acesso em: 6 set. 2023.

ROCHA, Rosa Margarida de Carvalho. *Almanaque pedagógico afro--brasileiro*. Belo Horizonte: Mazza Edições, 2012.

ROCHA, Rosa Margarida de Carvalho. *Educação para as relações étnico-raciais no Brasil*: formação de professoras e professores da Educação Básica. [Locução de]: Carolina Marcelino. Entrevistada: Rosa Margarida de Carvalho Rocha. São Paulo: Fundação Santillana, 17 out. 2022. *Podcast*. Disponível em: https://open.spotify.com/episode/0nPkDlPgTEhWZq8YNjnfv2?si=e2ad5f68ccbe4120. Acesso em: 27 abr. 2023.

ROGERO, Tiago. O colono preto. [Locução de]: Tiago Rogero. *Radio Novelo*, Rio de Janeiro, 6 ago. 2022. (Projeto Querino). *Podcast*. Disponível em: https://open.spotify.com/episode/2GC8EDaMAKtsA1uUCO1V3I?si=213d70115d7d4a3b. Acesso em: 10 fev. 2023.

RUFINO, Luiz. *Pedagogia das encruzilhadas*. Rio de Janeiro: Mórula Editorial, 2019.

SANTOS, Emily. Racismo na escola: acusados podem ser expulsos? Quais as consequências para os envolvidos? *G1*, [*on-line*], 29 abr. 2024. Educação. Disponível em: https://g1.globo.com/educacao/noticia/2024/04/29/racismo-na-escola-entenda-quais-as-conse quencias-para-os-envolvidos.ghtml. Acesso em: 5 jul. 2024.

SANTOS, Ivanir dos. A cor dos faraós. [Locução de]: Tiago Rogero. *Radio Novelo*, Rio de Janeiro, 6 ago. 2022. (Projeto Querino). *Podcast*. Disponível em: https://open.spotify.com/episode/0QxvqPrSRXYwLTuAB4hz7Z?si=5ece1726abfd 46c4. Acesso em: 10 fev. 2023.

SILVA, Camila. Babalorixá e antropólogo Rodney William leva imersão sobre Exu para ambiente virtual. *Mundo Negro*, [*on-line*], 25 ago. 2020. Disponível em: https://mundonegro.inf. br/babalorixa-e-antropologo-rodney-william-leva-imersao-sobre-exu-para-ambiente-virtual/. Acesso em: 6 set. 2023.

SILVA, Maria Aparecida da. Formação de educadores/as para o combate ao racismo: mais uma tarefa essencial. *In:* CAVALLEIRO, Eliane. (org.). *Racismo e anti-racismo na educação*: repensando nossa escola. São Paulo: Selo Negro, 2001. p. 65-83.

SOUZA, Neusa Santos. *Tornar-se negro*. Rio de Janeiro: Zahar, 2021.

TARDELLI, Brenno. 'O racismo religioso se agravou muito no Brasil nos últimos anos'. *Carta Capital*, [*on-line*], 7 maio 2020. Disponível em: https://www.cartacapital.com.br/justica/o-racismo-religioso-se-agravou-muito-no-brasil-nos-ultimos-anos/. Acesso em: 6 set. 2023.

TAVORA, Lucio. O que é racismo religioso e como ele afeta a população negra. *Conectas Direitos Humanos*, [*on-line*], 22 jul. 2022. Disponível em: https://www.conectas.org/noticias/o-que-e-racismo-religioso-e-como-ele-afeta-a-populacao-negra/. Acesso em: 6 set. 2023.

TOLENTINO, Luana. *Sobrevivendo ao racismo*: memórias, cartas e o cotidiano da discriminação no Brasil. Campinas: Papirus 7 Mares, 2023.

TORRES, Lívia. Professor e alunos fazem sucesso com música sobre valorizar todos os tipos de cabelo: 'Não tenha medo, se olhe no espelho'. *G1 Rio*, [*on-line*], 19 ago. 2022. Disponível em: https://g1.globo.com/rj/rio-de-janeiro/o-que-fazer-no-rio-de-janeiro/noticia/2022/08/19/professor-e-alunos-fazem-sucesso-com-musica-sobre-valorizar-todos-os-tipos-de-cabelo-nao-tenha-medo-se-olhe-no-espelho.ghtml. Acesso em: 13 nov. 2023.

TRIGUEIRO, André; VILELA, Isabella. Intolerância religiosa: mulher foi agredida e perdeu visão do olho direito por escutar o samba da Grande Rio em homenagem a Exu. *G1 Rio*, [*on-line*], 16 set. 2022. Disponível em: https://g1.globo.com/rj/rio-de-janeiro/noticia/2022/09/16/intolerancia-religiosa-mulher-foi-agredida-e-perdeu-visao-do-olho-direito-por-escutar-o-samba-da-grande-rio-em-homenagem-a-exu.ghtml. Acesso em: 6 set. 2023.

VALLE, Leonardo. Como lidar com casos de racismo entre alunos? *Instituto Claro*, [*on-line*], 21 abr. 2021. Educação. Disponível em: https://www.institutoclaro.org.br/educacao/nossas-novidades/reportagens/como-lidar-com-casos-de-racismo-entre-alunos/. Acesso em: 6 set. 2023.

VILAS BOAS, Pedro. RS: Racismo religioso explica falas que ligam crenças africanas a enchentes. *Uol*, [*on-line*], 5 jun. 2024. Cotidiano. Disponível em: https://noticias.uol.com.br/cotidiano/ultimas-noticias/2024/06/05/racismo-religioso-rs.htm. Acesso em: 5 jul. 2024.

WILLIAM, Rodney. *Apropriação cultural*. São Paulo: Sueli Carneiro; Jandaíra, 2020. (Coleção Feminismos Plurais).

WILLIAM, Rodney. Candomblé: força e organização para as periferias. *ECOA Uol*, [*on-line*], 27 jun. 2021. Disponível em: https://www.uol.com.br/ecoa/reportagens-especiais/a-bossa-nova-apagou-a-cor-do-samba-diz-rodney-william-o-babalorixa-antropologo-que-combate-a-apropriacao-cultural/ #cover. Acesso em: 05 jul. 2024.

WOODSON, Carter G. *A deseducação do negro*. São Paulo: Edipro, 2021.

ZARUR, Camila. Pardos ultrapassam brancos e são o maior grupo étnico-racial no Brasil, aponta Censo. *Folha de S.Paulo*, [*on-line*], 22 dez. 2023. Disponível em: https://www1.folha.uol.com.br/cotidiano/2023/12/pardos-ultrapassam-brancos-e-sao-o-maior-grupo-etnico-racial-no-brasil-aponta-censo.shtml#:~:text=N%C3%BAmero%20de%20brancos%20autodeclarados%20caiu,e%20o%20de%20ind%C3%ADgenas%20subiu&text=O%20n%C3%BAmero%20de%20pessoas%20que,3%25%20de%20todos%20os%20brasileiros. Acesso em: 5 jul. 2024.

Sobre o autor

Foto: Acervo pessoal.

ALLAN PEVIRGULADEZ é professor na rede pública de ensino há dezessete anos. É também consultor antirracista do Instituto Vini.Jr, onde realiza ações formativas de letramento racial com os professores. Integra a Gerência de Relações Étnico-Raciais da Secretaria Municipal de Educação do Rio de Janeiro.

Sua atuação como professor na Educação Infantil tornou-se referência internacional dentro da luta antirracista no Brasil, pois criou, a partir de suas composições musicais, um conceito de ensino que hoje é o mais replicado no país quando se fala em antirracismo: a pedagogia da Música Popular Brasileira Infantil Antirracista (MPBIA).

A MPBIA começou a surgir quando o educador compôs a canção “O meu cabelo é bem bonito”, um viral nas redes sociais no Brasil e em outros países.

No final de 2023, Allan lançou seu primeiro álbum infantil, que é o disco da MPBIA intitulado *Música popular brasileira infantil antirracista* (v. 1), que contém dez canções de sua autoria. No mesmo período, também lançou o livro *O meu cabelo é bem bonito*, inspirado em sua mais famosa canção.

Sua prática em sala de aula e nas escolas com a MPBIA tem influenciado pedagogos, professores, psicólogos e pediatras, sendo também objeto de estudo de trabalhos acadêmicos. Em 2023, a MPBIA foi condecorada pela Câmara Municipal do Rio de Janeiro com a Medalha Pedro Ernesto, a maior honraria da Câmara de Vereadores. Seu programa MPBIA nas escolas virou política pública e agora faz parte das ações da Secretaria Municipal de Educação do Rio de Janeiro. Em julho de 2024, o Ministério da Educação utilizou a música "O meu cabelo é bem bonito" como tema para o vídeo promocional de lançamento da Política Nacional de Equidade, Educação para as Relações Étnico-Raciais e Educação Escolar Quilombola (Pneerq).

A proposta do autor é percorrer as escolas do Brasil todo com a MPBIA, proporcionando uma imersão lúdica, afetiva e ancestral a partir de suas canções, ajudando assim a erradicar o racismo, o *bullying* e outras violências. Com isso, objetiva trabalhar, desde a primeira infância, a autoestima, o respeito e o empoderamento das crianças, criando, dessa forma, uma relação saudável e com equidade para todos os grupos étnicos que habitam nossa sociedade.

@pevirguladez_
@m.p.b.i.a